Amor ruso

Chantelle Shaw

Editado por HARLEQUIN IBÉRICA, S.A.
Núñez de Balboa, 56
28001 Madrid

AMOR RUSO, N.º 2041 - 24.11.10
Título original: Ruthless Russian, Lost Innocence
Publicada originalmente por Mills & Boon®, Ltd., Londres.

I.S.B.N.: 978-84-671-9063-2
Depósito legal: B-35411-2010
Editor responsable: Luis Pugni
Preimpresión y fotomecánica: M.T. Color & Diseño, S.L.
C/ Colquide, 6 portal 2 - 3º H. 28230 Las Rozas (Madrid)
Impresión y encuadernación: LITOGRAFÍA ROSÉS, S.A.
C/ Energía, 11. 08850 Gavá (Barcelona)
Fecha impresion para Argentina: 23.5.11
Distribuidor exclusivo para España: LOGISTA
Distribuidor para México: CODIPLYRSA
Distribuidores para Argentina: interior, BERTRAN, S.A.C. Vélez Sársfield, 1950. Cap. Fed./ Buenos Aires y Gran Buenos Aires, VACCARO SÁNCHEZ y Cía, S.A.
Distribuidor para Chile: DISTRIBUIDORA ALFA, S.A.

Capítulo 1

Auditorio del Louvre. París

Sucedió en un instante. Una mirada fugaz y ¡zas!, Eleanor se sintió como si la hubiera alcanzado un rayo.

El hombre se encontraba a algo de distancia, rodeado por un grupo de elegantes mujeres francesas que rivalizaban por su atención. La primera impresión que tuvo en esos segundos durante los que sus ojos se encontraron fue que era alto, moreno e irresistiblemente guapo. Pero cuando apartó la mirada de sus penetrantes ojos azules, añadió la palabra «peligroso» a la lista.

Impactada por la reacción que había tenido ante un completo desconocido, miró su copa de champán, vio que le temblaban las manos e intentó concentrarse en su conversación con un periodista musical de la sección de cultura del *Paris Match.*

–El público se ha quedado embelesado con usted esta noche, *mademoiselle* Stafford. Su interpretación del segundo concierto para violín de Prokofiev ha sido verdaderamente excepcional.

–Gracias –sonrió ligeramente al periodista aunque seguía totalmente pendiente del intenso escrutinio del hombre situado al otro lado de la sala, y necesitó toda su fuerza de voluntad para evitar girar la cabeza. Fue casi un alivio que Marcus apareciera a su lado.

–¿Sabes que todo el mundo dice que esta noche ha nacido una estrella? Has estado absolutamente maravillosa. Acabo de echarle un vistazo a la crítica que Stephen Hill está escribiendo para *The Times* y cito textualmente: «La pasión y el virtuosismo técnico de Stafford son increíbles. Su genialidad musical es deslumbrante y su actuación de esta noche le ha cimentado un lugar como una de las mejores violinistas del mundo». No está mal, ¿eh? –Marcus no podía ocultar su satisfacción–. Vamos, tienes que darte una vuelta. Hay unos cuantos periodistas que quieren entrevistarte.

–La verdad es que, si no te importa, me gustaría volver al hotel.

La sonrisa de Marcus se desvaneció cuando vio que Eleanor hablaba en serio.

–Pero es tu gran noche –protestó.

–Soy consciente de que la fiesta es una oportunidad ideal para obtener más publicidad, pero estoy cansada. El concierto ha sido agotador –sobre todo cuando las horas previas a su actuación en solitario había estado consumida por los nervios. La música era su vida, pero el miedo escénico que sufría cada vez que actuaba en público era bastante desagradable y en ocasiones se preguntaba si de verdad quería una carrera en solitario cuando eso la hacía enfermar de miedo.

–Esta noche has atraído a un público de lo más selecto, y no puedes desaparecer sin más. He visto, por lo menos, a dos ministros del gobierno francés, sin mencionar a la oligarquía rusa. Por cierto, no mires ahora, pero Vadim Aleksandrov viene hacia aquí.

Ella giró la cabeza y sintió como si se le fuera a salir el corazón cuando vio esa impactante mirada azul. El hombre caminaba hacia ella con aire decidido y se quedó paralizada ante la clásica belleza masculina de sus esculpidos rasgos y de su cabello negro peinado hacia atrás.

–¿Quién es? –le susurró a Marcus.

–Un multimillonario ruso. Amasó su fortuna con un negocio de teléfonos móviles y ahora es propietario de una cadena de televisión satélite, de un periódico británico y de un imperio inmobiliario que se dice que incluye la mitad de Chelsea... o «Chelski», como algunos lo llaman –añadió Marcus antes de quedarse en silencio bruscamente.

Pero Eleanor no necesitó ver la intrigante sonrisa de Marcus para saber que el hombre en cuestión estaba justo detrás de ella. Podía sentir su presencia. El especiado aroma de su colonia invadió sus sentidos y se le erizó el vello de la nuca cuando él habló con esa profunda y melodiosa voz, tan exquisita y sensual como las notas de un violonchelo.

–Disculpen, pero me gustaría felicitar a la señorita Stafford por su actuación de esta noche.

–Señor Aleksandrov, soy Marcus Benning, el representante de Eleanor. Y ella, por supuesto, es lady Eleanor Stafford.

Ella se sonrojó y se molestó con Marcus, que sabía que odiaba que utilizara su título, pero que insistía en que era una buena herramienta publicitaria. Pero cuando giró la cabeza hacia el hombre, Marcus y los demás invitados se desvanecieron y allí sólo pareció existir Aleksandrov. Posó la mirada en su rostro y se sonrojó más todavía con el fiero brillo de sus ojos. Una curiosa mezcla de temor y excitación la invadió, junto con la ridícula sensación de que su vida jamás volvería a ser la misma después de ese momento. Sintió una extraña renuencia a estrecharle la mano y se quedó impactada cuando él se llevó su mano a la boca y la besó.

–Eleanor –su voz marcada por un fuerte acento le produjo un escalofrío de placer que le recorrió la espalda; el mismo que sentía cuando deslizaba el arco sobre las cuerdas del violín. El suave roce de su boca contra su piel ardía y ella apartó la mano, con el corazón acelerado.

–Es un placer conocerlo, señor Aleksandrov –dijo Marcus con entusiasmo–. ¿Es cierto que su compañía tiene el monopolio de las ventas de teléfonos móviles en Rusia?

–Efectivamente, pero la empresa ha crecido y se ha diversificado bastante desde entonces –murmuró Vadim Aleksandrov como quitándole importancia a su trabajo y siguió mirando a Eleanor hasta que Marcus finalmente captó la indirecta.

–¿Dónde están los malditos camareros? No me vendría nada mal que me rellenaran la copa –murmuró antes de dirigirse hacia la barra con su copa vacía.

Durante un segundo Eleanor se vio tentada a salir corriendo detrás de él, pero los brillantes ojos azules del enigmático ruso parecían ejercer un magnético poder sobre ella y se vio tan abrumada por su potente masculinidad que creyó estar clavada al suelo.

–Esta noche ha tocado magníficamente.

–Gracias –le supuso un gran esfuerzo formular una respuesta educada, totalmente consciente de la atracción que bullía entre los dos. Nunca antes había experimentado nada parecido, nunca se había sentido tan atraída por un hombre y era algo que le resultaba francamente aterrador.

La sardónica sonrisa de Vadim la advirtió de que él estaba dándose cuenta de todo ello.

–Nunca había oído a alguien que no fuera ruso interpretar a Prokofiev con la apasionada intensidad por la que él, y muchos de mis paisanos, son conocidos –murmuró con una aterciopelada voz que pareció envolver a Eleanor como una íntima caricia.

¿Había sido eso un rodeo para decirle que él era un hombre apasionado? Se sonrojó al pensar que no era necesario que el hombre se molestara en señalar algo que resultaba perfectamente obvio, incluso para ella, con su limitada experiencia sexual.

Vadim Aleksandrov portaba su virilidad como si fuera un estandarte y descaradamente la recorrió de arriba abajo con la mirada.

–¿Está disfrutando de la fiesta?

Eleanor miró a su alrededor, donde cientos de invitados charlaban al mismo tiempo. El murmullo de las voces le hacía daño a los oídos.

–Es muy agradable –murmuró.

Pero la mirada de Vadim le dijo que él sabía que estaba mintiendo.

–Tengo entendido que mañana por la noche ofrecerá otra actuación, así que supongo que se quedará en París...

–Sí. En el Intercontinental –añadió ella.

–Yo estoy en el Jorge V, no lejos de usted. Tengo un coche esperando fuera... ¿puedo llevarla a su hotel? Tal vez podríamos tomar una copa.

–Gracias, pero no puedo irme de la fiesta –farfulló, consciente de que hacía unos minutos había planeado justo lo contrario. Pero la descarada sensualidad de Aleksandrov la inquietaba demasiado como para plantearse charlar más tiempo con él; su mirada de deseo la advirtió de que él se esperaría que la copa en el bar precediera a una invitación a su habitación... y ella no era la clase de mujer que tenía relaciones de una noche.

Pero... ¿y si hubiera sido la clase de mujer que invita a un sexy desconocido a pasar la noche con ella? Una serie de impactantes imágenes le asaltaron la mente; imágenes de Vadim desnudándola y acariciándola antes de tenderse sobre las blancas y frescas sábanas de la cama del hotel y hacerle el amor.

Pero, ¿en qué estaba pensando?

Podía sentir el calor que irradiaba de su cara e inmediatamente desvió la mirada, temiendo que él hubiera podido leerle el pensamiento.

–La fiesta se celebra en su honor, comprendo que quiera quedarse. Estaré en Londres la próxima semana. Tal vez podríamos cenar alguna noche.

Rápidamente, Eleanor ignoró el impulso de aceptar su invitación.

–Me temo que estaré ocupada.

–¿Todas las noches? –su sensual sonrisa hizo que el corazón le diera un vuelco–. Es un hombre con suerte.

Ella frunció el ceño.

–¿Quién?

–El amante que ocupa su atención todas las noches.

–Yo no tengo ningún amante... –se detuvo bruscamente al darse cuenta de que había revelado sobre su vida privada más de lo que había deseado. El brillo de satisfacción en los ojos de Vadim hizo saltar las alarmas dentro de su cabeza y se sintió agradecida cuando vio a Marcus haciéndole señas para que se reuniera con él en la barra–. Si me disculpa, creo que mi representante ha concertado otra entrevista. Gracias por la invitación, pero la música ocupa todo mi tiempo y en este momento no puedo permitirme salir con nadie.

Vadim se había acercado imperceptiblemente y Eleanor podía sentir el calor que emanaba de su cuerpo. Se puso tensa y abrió los ojos de par en par cuando él alargó la mano y deslizó suavemente un dedo sobre su mejilla.

–En ese caso tendré que intentar persuadirla para que cambie de opinión –le dijo en voz baja antes de darse la vuelta y alejarse.

Londres. Una semana después

El invernadero de la Mansión Amesbury era un hervidero de voces según los invitados iban llegando y tomando asiento. Los miembros de la Orquesta Real de Londres ya estaban en sus puestos y se oían el habitual crujido de las hojas de las partituras y el susurro de las conversaciones de los músicos mientras se preparaban para el concierto.

Eleanor sacó su violín de la funda y la recorrió un diminuto escalofrío de placer cuando deslizó los dedos sobre la suave y pulida madera de arce. El Stradivarius era exquisito e increíblemente valioso. Varios coleccionistas le habían ofrecido una fortuna por el instrumento; una cantidad suficiente para poder comprarse una casa y tener dinero de sobra para vivir en caso de que su carrera fracasara, pero el violín había pertenecido a su madre, de modo que su valor sentimental era incalculable y jamás se desprendería de él.

Leyó la partitura por encima y repasó mentalmente la melodía aunque no tenía necesidad de tener las notas delante después de haber pasado cuatro horas ensayando esa misma tarde. Perdida en su propio mundo, apenas fue consciente de las voces que la rodeaban hasta que alguien pronunció su nombre.

–Estás a cientos de kilómetros, ¿verdad? –le dijo Jenny March, su amiga y violinista–: He dicho que creo que una de las dos tiene un admirador, aunque desgraciadamente creo que ésa no soy yo –añadió con un tono de verdadero pesar haciendo que finalmente Eleanor levantara la cabeza.

–¿A quién te refieres? –murmuró mirando a su alrededor con curiosidad.

La orquesta había actuado en la Mansión Amesbury en varias ocasiones. El invernadero acogía un público de doscientas personas y ofrecía una atmósfera más íntima que otros recintos, pero Eleanor prefería el anonimato del Robert Albert Hall o del Festival Hall. Recorrió con la mirada la primera fila de asistentes y se detuvo en seco en una figura sentada a unos metros de donde se encontraba ella.

–¡Oh! ¿Pero qué está haciendo aquí? –murmuró girando la cabeza unos segundos, aunque demasiado tarde, ya que no logró evitar la chispeante mirada del hombre que había habitado sus sueños cada noche durante la última semana.

–¿Lo conoces? –Jenny abrió los ojos de par en par y no pudo ocultar ese tono de envidia en su voz–. Menuda sorpresa, ¿quién lo diría? Eleanor, está como un tren. ¿Quién es?

–Se llama Vadim Aleksandrov y es un multimillonario ruso. Lo he visto una vez, pero no lo conozco.

–Bueno, está claro que a él le gustaría conocerte –dijo Jenny con gesto pensativo e intrigada por los dos coloretes que cubrían las mejillas de su amiga. Lady Eleanor Stafford era conocida por ser una persona fría y serena... tanto que algunos miembros de la orquesta le habían puesto el apodo de «Princesa de Hielo»; sin embargo, en ese momento Eleanor parecía claramente aturdida.

–No entiendo por qué está aquí –murmuró nerviosa–. Según la columna de cotilleos de la revista que he leído, debería estar en el festival de Cannes con una famosa actriz italiana –la fotografía de Vadim con su voluptuosa acompañante se había grabado en su mente y, por si eso fuera poco, no era capaz de sacarse de la cabeza la imagen de un Vadim desnudo y haciéndole el amor a su última amante. Su vida privada no le interesaba, se recordó. Vadim Aleksandrov no le interesaba y bajo ningún concepto cedería ante el deseo de girar la cabeza y mirar esos penetrantes ojos azules que sentía posados en ella.

Tuvo que concentrarse para no hacerlo mientras el público tomaba asiento y Gustav Germaine, el director de la orquesta, levantaba la batuta.

Eleanor adoraba la *Sinfonía del Nuevo Mundo* de Dvorak y estaba furiosa consigo misma por dejarse distraer por la presencia de Vadim. Después de respirar hondo, se colocó el violín bajo la barbilla y sólo cuando deslizó el arco se relajó y puso toda su atención en la música que fluía desde la madera y las cuerdas, y que parecía brotar de dentro de ella arrasando a su paso cualquier otro pensamiento.

Una hora y media después las últimas notas de la sinfonía se desvanecieron y el sonido del tumultuoso aplauso del público sacó a Eleanor de su estado de ensoñación catapultándola a la realidad.

–¡Dios mío! Gustav casi está sonriendo –susurró Jenny mientras los miembros de la orquesta se levantaban y agradecían los aplausos–. Eso debe de significar que por una vez está satisfecho con nuestra interpretación. A mí me ha parecido que ha sonado perfecta.

–Yo no estoy contenta del todo con cómo he tocado al principio del cuarto movimiento –murmuró Eleanor.

–Pero tú eres más perfeccionista todavía que Gustav. A juzgar por la respuesta del público, a ellos les ha encantado..., sobre todo a tu ruso. No te ha quitado los ojos de encima en toda la noche.

–Él no es mi ruso –no quería que le recordaran a Vadim ni quería saber que había estado mirándola. Tampoco quería mirar hacia él, pero como una marioneta manejada por unas cuerdas invisibles, giró la cabeza unos centímetros y sus ojos se posaron inexorablemente en la figura de pelo oscuro sentada en la primera fila.

Jenny tenía razón... estaba como un tren y tenía que admitirlo aunque no lo quisiera. La música dominaba su vida y por lo general no se fijaba en los hombres, pero Vadim era uno imposible de ignorar. Era alto, calculaba que mediría más de un metro noventa, y tenía unos hombros impresionantemente anchos que ahora cubrían una elegante chaqueta. Su cabello negro azabache y el tono aceitunado de su piel apuntaban a unos posibles antepasados mediterráneos que hacían que sus intensos ojos azules resultaran más impactantes todavía bajo esas cejas negras. Su anguloso rostro estaba exquisitamente tallado, con unas esculpidas mejillas, una nariz fina y una barbilla cuadrada bajo una preciosa boca que resultaba absolutamente sensual.

Oh, sí... estaba como un tren. Eleanor sintió cómo el corazón le latía con fuerza contra las costillas cuando esos ojos azules la recorrieron y los labios de Vadim se curvaron en una sonrisa que le decía que sabía lo inquietante que su presencia resultaba para ella.

–Bueno, ¿y dónde conociste al sexy multimillonario ruso? –susurró Jenny bajo el ruido de los aplausos del público–. Y si no estás interesada en él, creo que lo más justo es que me lo presentes. Está para comérselo.

Eleanor no pudo evitar sonreír ante el comentario de Jenny.

–Lo conocí en París.

Jenny abrió los ojos de par en par.

–París... la ciudad del amor. Esto se pone cada vez mejor. ¿Te acostaste con él?

–¡No! Claro que no. ¿Crees que me voy a la cama con un hombre al que acabo de conocer?

–No, por lo general no –la frialdad de Eleanor hacia el sexo opuesto era de sobra conocida–. Pero tal vez, si te miró como está mirándote ahora..

Eleanor supo que lamentaría la siguiente pregunta:

–¿Y cómo está mirándome ahora?

–Como si se estuviera imaginando que te está desnudando, muy despacio, y acariciando cada centímetro de tu cuerpo.

–¡Por el amor de Dios, Jen! No sé qué clase de libros has estado leyendo últimamente.

Jenny vio el rostro sonrojado de Eleanor y sonrió.

–Tú has preguntado y yo sólo estoy diciéndote lo que creo que está pasando por la mente de tu ruso.

–No es mi ruso.

Eleanor respiró hondo y haciendo uso de una gran fuerza de voluntad no miró a Vadim..., aunque no pudo obviar el recuerdo de la ardiente atracción que había sentido la primera vez que lo había visto. Una fuerza que escapaba a su control le exigía que girara la cabeza y cuando sus ojos se toparon con esa brillante mirada azul sintió una fuerte tensión sexual en su interior, además de un agradable cosquilleo en sus pechos cuando sus pezones se endurecieron, aunque se sintió avergonzada cuando Vadim bajó la mirada hacia ellos, tensos bajo la seda de su vestido. Ruborizada, giró la cabeza y forzó una sonrisa al mirar al público y agradecerles los aplausos una vez más.

A Vadim lo invadió una oleada de satisfacción al darse cuenta de que Eleanor Stafford no era tan inmune a él como a ella le gustaría creer. Cuando se habían conocido una semana atrás, él se había quedado prendado de su delicada belleza e intrigado por su frialdad. La deseaba, tal vez, más de lo que nunca había deseado a una mujer, pensó mientras recorría con su mirada su esbelto cuerpo, la curva de sus caderas, su diminuta cintura y la delicada turgencia de sus pechos bajo el vestido de cóctel negro.

Tenía el pelo peinado hacia atrás en un elegante moño y por un momento se dejó llevar por la fantasía de quitarle las horquillas para que esa sedosa melena rubia cayera sobre sus hombros. No podía creérselo, pero se había excitado; no se sentía tan excitado desde que era un joven lleno de testosterona y tuvo que respirar hondo para ejercer algo de control sobre sus hormonas.

Los miembros de la orquesta ahora estaban saliendo del invernadero. Sabía que Eleanor no había mirado en su dirección conscientemente, pero cuando lo hizo, él asintió con la cabeza haciendo que se ruborizara todavía más.

Su reacción lo satisfizo.

Cuando se habían conocido en París, había visto en su mirada que la atracción era mutua. La alquimia sexual era una poderosa fuerza que los tenía amarrados a los dos, pero por alguna razón ella había declinado su invitación a cenar con un tono frío que no había concordado ni con sus pupilas dilatadas ni con sus trémulos y suaves labios.

No quería hacer caso del rumor que corría entre ciertos individuos del grupo social al que pertenecía Eleanor y según el cual era frígida; nadie podía tocar un instrumento con tanta pasión y tener hielo en las venas. Pero no había duda de que la resistencia que oponía a sus encantos era toda una novedad. Para él jamás había supuesto un problema persuadir a una mujer para que se acostara con él y sabía que su condición de multimillonario era un gran reclamo.

Sin embargo, Eleanor era distinta de las modelos y las mujeres de clase alta con las que solía salir. Ella pertenecía a la aristocracia británica y era una violinista bella e inteligente. La atracción sexual entre los dos era incuestionable y cuando Vadim giró la cabeza para observar esa esbelta figura salir del invernadero, se propuso convertirla en su amante.

La velada en la Mansión Amesbury fue un evento para recaudar fondos organizado por el patrocinador de una organización benéfica para niños y después de la actuación de la orquesta se sirvió una selección de quesos y de exquisitos vinos en la Sala Egipcia. Eleanor sonrió y conversó con los invitados, aunque no podía ignorar la familiar sensación de vacío en su interior que siempre seguía a una actuación. Había volcado su corazón y su alma en la interpretación, pero ahora se sentía emocionalmente vacía y la algarabía de voces exacerbaba su persistente dolor de cabeza.

No había visto a Vadim desde que había salido del invernadero, y supuso que se había marchado inmediatamente después de la actuación. Era un alivio saber que no tendría que enfrentarse a su inquietante presencia durante el resto de la noche, pensó mientras salía por una puerta en dirección al invernadero de naranjos que recorría toda la casa y que resultaba un lugar agradablemente fresco y tranquilo después de la recargada atmósfera de la Sala Egipcia. Los árboles cítricos eran hermosos, pero ella deseaba estar en la Mansión Kingfisher, junto al Támesis, su hogar durante los últimos años. Miró el reloj preguntándose cuándo podría marcharse de la fiesta y se sobresaltó cuando una figura salió de entre las sombras.

–Pensé que se había ido –dijo algo alarmada.

Vadim Aleksandrov enarcó las cejas y le respondió:

–Me halaga que se haya dado cuenta de mi ausencia, lady Eleanor.

Su profunda voz era tan sexy que ella no pudo evitar el pequeño escalofrío que la recorrió. La única luz que había en el invernadero era la plateada luz de luna que se colaba por los cristales y esperaba que eso impidiera que él viera el rubor de sus mejillas.

–Por favor, no me llame así. Nunca utilizo mi título.

–¿Prefiere que la llame simplemente Eleanor, como hacen sus amigos? –bajo la penumbra la sonrisa de Vadim dejó ver unos dientes blancos y perfectos que a Eleanor le recordaron a los de un lobo–. Estoy encantado de que me vea como a un amigo. Eso supone un gran paso en nuestra relación.

Ella se quedó paralizada, furiosa por su tono de burla, aunque también consciente de un subyacente tono de voz más serio que la advirtió de que no bajara la guardia.

–No tenemos ninguna relación –le dijo bruscamente.

–Una situación poco satisfactoria que se puede remediar fácilmente. Tengo dos entradas para *Madame Butterfly* en la Royal Opera House el jueves por la noche. ¿Le gustaría acompañarme? Podríamos cenar después de la representación.

–El miércoles vuelo a Colonia para actuar en la Opernhaus –le dijo Eleanor, intentando convencerse a sí misma de que esa ligera sensación de pesar que la invadió por el hecho de no poder acompañarlo se debía únicamente a que la famosa ópera de Puccini era una de sus favoritas.

–Entonces cambiaré las entradas para otra noche.

La confianza que tenía en sí mismo era la de un hombre acostumbrado a conseguir lo que se proponía y su arrogante sonrisa hizo que a Eleanor se le erizara el vello de la nuca. Estaba claro que esperaba que las mujeres cayeran rendidas a sus pies y era indudable que muchas se lanzarían ante la oportunidad de pasar una noche con él... para después lanzarse a su cama..., pero ella no era así. Había intentado rechazarlo con educación, pero estaba claro que ahora necesitaba unas tácticas más directas.

–¿Qué parte de «no» no entiende? –le preguntó con frialdad.

Lejos de mostrarse ofendido, Vadim sonrió todavía más y caminó hacia ella acorralándola con su penetrante mirada azul. Eleanor era de estatura media y gracias a sus tacones ganaba siete centímetros, pero aun así él quedaba bien por encima de ella y la musculosa fuerza de su torso era una formidable barrera que le impedía escapar del invernadero. Vadim había invadido sus pensamientos día y noche durante la última semana y ahora, mientras inhalaba el exótico aroma de su perfume, Eleanor no podía negar que lo deseaba.

–Esta parte –dijo Vadim con voz suave mientras le colocaba una mano bajo la barbilla y bajaba la cabeza antes de que ella tuviera tiempo para darse cuenta de sus intenciones... o reaccionar.

Capítulo 2

NO! –el grito de Eleanor quedó sofocado bajo la firme presión de la boca de Vadim y el impacto de ese gesto la dejó paralizada. Los labios de Vadim eran cálidos y persuasivos mientras la besaban con una pericia que hizo que el corazón se le acelerara y le golpeara las costillas.

Él apartó la mano de su barbilla para deslizarla hasta su nuca, mientras posaba la otra mano sobre su cadera para acercarla a sí. No ejerció fuerza y ella podía haberse resistido con facilidad... debería haberlo hecho..., pero su cuerpo parecía tener vida propia y anhelaba un contacto más directo con el hombre más fascinante que había conocido nunca.

La lengua de Vadim recorrió la forma de su boca, pero cuando probó a colarse entre sus labios, ella se puso tensa y su orgullo de mujer reaccionó, aunque algo tarde. Conocía esa clase de hombres. Después de verlo en París había querido saber más sobre él y había descubierto que era un mujeriego cuya riqueza e innegable carisma atraían a las mujeres hasta su cama. Sus relaciones nunca duraban mucho antes de que él pasara a la siguiente conquista, y Eleanor se juró que ella no sería una de esas mujeres.

No quería una aventura y estaba segura de que el amor no entraba en los planes de Vadim. Simplemente quería acostarse con ella. Tal vez no tenía experiencia, pero no era totalmente ingenua y desde el momento en que sus ojos se habían topado en París ella había reconocido el deseo en su mirada. La deseaba, pero ella estaba decidida a impedir que la tuviera. Nunca había tenido problemas para ignorar a otros hombres que habían mostrado interés en ella y el hecho de que le estuviera resultando difícil mostrarse fría ante Vadim era razón de más para que se mantuviera firme en su propósito de ignorarlo.

Conocía a los hombres como él, se repitió con amargura. Su padre había roto el corazón de su madre en repetidas ocasiones con sus aventuras. Incluso cuando Judith Stafford había estado en su lecho de muerte, el conde se encontraba con su amante en la Riviera Francesa y apenas había vuelto a casa a tiempo para el funeral de su esposa.

Pero a medida que Vadim proseguía con su pausada exploración de sus labios, ella fue consciente de una curiosa sensación que se coló en sus huesos y que minó su determinación a resistirse a él. La rodeó por la cintura y la acercó tanto que ella podía sentir los músculos de sus muslos. En un desesperado intento por empujarlo y apartarlo, le puso las manos sobre el pecho y se quedó extasiada por la calidez que desprendía su cuerpo a través de la fina camisa de seda.

En ese momento él aumentó la presión sobre sus labios, forzándola a separarlos, y con un rápido movimiento de su lengua se coló en la húmeda calidez de su boca y llevó el beso hasta un nivel de erotismo que Eleanor jamás se habría imaginado. Se sintió algo mareada mientras su sangre retumbaba por sus venas y sus terminaciones nerviosas se volvieron tan sensibles que sólo el ligero roce de la mejilla de Vadim contra la suya le produjo un escalofrío que le recorrió la espalda. Al igual que la música la transportaba a otro mundo, el beso de Vadim la llevó a un lugar donde nunca antes había estado, donde gobernaban las sensaciones y lo único que importaba era que él siguiera moviendo su boca sobre la suya con esa lenta y deliciosa cadencia.

No sabía cuánto duró el beso. Podrían haber sido minutos, horas. Mientras estuvo en sus brazos perdió la noción del tiempo y cuando finalmente él levantó la cabeza y apartó la mano de su cintura, ella se balanceó ligeramente y la expresión de aturdimiento de sus ojos se fue transformando gradualmente en una de autodesprecio.

–¿Cómo te atreves? –susurró entre unos labios entumecidos y avergonzada por haber capitulado ante su pericia.

Él le sonrió.

–¿Cómo puedes preguntarme eso después de haber respondido con tanta pasión? –le acarició su mejilla sonrojada antes de deslizar un dedo sobre sus inflamados labios–. Algunos de tus amigos dicen que eres frígida, pero ¿qué sabrán ellos? –susurró haciendo que su acento sonara más intenso y sensual que nunca–. No son más que unos jovencitos molestos porque no los has elegido a ellos como novios. Pero tú no deberías estar con jovencitos, Eleanor. Tú necesitas un hombre que valore tu naturaleza sensual.

–¿Estás sugiriendo que te necesito? –preguntó utilizando el enfado como un arma para luchar contra la insidiosa calidez que su voz y sus palabras despertaron en ella. Le resultaba imposible soportar el seductor brillo de sus ojos–. Tu ego es... monumental. Y no me importa lo que la gente piense de mí.

Sabía que los hermanos de sus amigas especulaban sobre el hecho de que no saliera con ninguno de ellos o bien porque era frígida o bien porque era lesbiana. La verdadera explicación era que simplemente no le interesaban esos chicos, pero la idea de Vadim de que había estado esperando a un hombre como él... un hombre como su padre... era ridícula. Ya había dejado claro que no quería nada con él y era problema suyo si su ego no podía aceptar que rechazara su invitación a cenar.

Sin embargo, Eleanor tenía que admitir que esa noche le había dado un mensaje equivocado y se estremeció al recordar el modo en que había reaccionado a su beso con vergonzoso entusiasmo. Debería haberse apartado en el momento en que la tocó en lugar de derretirse en sus brazos. Sintió vergüenza, además de una cada vez mayor sensación de pánico según Vadim deslizaba un dedo por su garganta y seguía más abajo para detenerse sobre la leve turgencia de sus pechos. La respiración de ella se volvió entrecortada y se sintió aterrorizada de que él pudiera notar las sacudidas de su corazón. Su instinto le decía a gritos que le apartara la mano de un tortazo, pero para su vergüenza una parte de ella deseaba que él moviera los dedos los pocos centímetros necesarios para cubrir por completo uno de sus pechos.

Él la miró y el fiero brillo que ella vio bajo sus párpados la advirtió de que le había leído la mente.

–El juego del ratón y el gato ha sido divertido –dijo con su pecaminosamente sexy acento–, pero ya me he cansado de él. Tal vez estás impresionada por la intensidad de la química sexual que hay entre nosotros, Eleanor, pero no puedes negar que existe. Cuando nos besamos, lo sentiste aquí –le puso la mano directamente sobre su corazón y sus dedos rozaron su pecho–. Igual que me pasó a mí. La pasión vibra por tus venas como lo hace en las mías, y la única conclusión lógica es que seamos amantes.

Eleanor se dijo que era imposible que estuviera viéndose tentada. Le indignaba la actitud arrogante de Vadim al pensar que ella estaba a su disposición, y aun así no podía ignorar la vocecita dentro de su cabeza que la animaba a acceder, a sucumbir a la pasión que, como él bien había dicho, estaba vibrando por sus venas y encendiéndola por dentro.

El sentido común luchó contra la imprudencia que se había apoderado de ella y ganó. Ella no sería el juguete de Vadim Aleksandrov. Recordó un artículo publicado en la prensa sobre su reciente ruptura con la modelo Kelly Adams, en el que Kelly lo había acusado de romper con ella mediante un mensaje de móvil. La foto que acompañaba al artículo mostraba a la impresionante pelirroja llorando desconsoladamente fuera del hotel donde Vadim se había hospedado desde su llegada a la capital.

«Vadim Aleksandrov tiene un pedazo de granito en lugar de corazón», le había dicho Kelly a los periódicos, y el rostro cubierto de lágrimas de la modelo le había recordado a la expresión de angustia de su madre cuando Lionel Stafford la había dejado por una de sus amantes.

–Cuando hablas de amantes, ¿qué tienes en mente exactamente? Sé por los artículos que han salido en la prensa que viajas mucho y yo suelo estar de gira con la orquesta, así que no estoy segura de cómo podríamos mantener una relación que valga la pena.

Él frunció el ceño, claramente sorprendido por sus palabras.

–Para serte sincero, no había pensado tanto en ello. Sólo estoy sugiriendo que exploremos la atracción sexual que existe entre nosotros, pero hablar de una relación es un poco prematuro, ¿no crees?

Vadim Aleksandrov y el difunto duque Stafford tenían mucho en común, y no sólo su galante actitud hacia las mujeres.

–Debería haber sabido que a un hombre como tú sólo le interesaría la satisfacción física –dijo ella con amargura y forzándose a sonar fría y desdeñosa a pesar de sentir algo por él.

–¿Un hombre como yo? –le preguntó con voz suave. El gesto de Eleanor era uno de desdén, de desprecio, y eso lo enfureció. ¿Se creía que estaba por encima de él sólo porque él hubiera nacido sin nada y ella perteneciera a la clase alta británica?

Estaba acostumbrado a que las mujeres jugaran y había pensado que a Eleanor también le resultaría divertido. Ahora se preguntaba si había rechazado la cita con él porque lo consideraba un pobre inmigrante del Este que había hecho fortuna y que no era merecedor de ella. Se aseguró a sí mismo que no le importaría su opinión lo más mínimo, pero no obstante, su orgullo quedó resentido.

–¿Qué clase de hombre crees que soy?

Mientras Eleanor miraba su anguloso rostro su mente retrocedió unos años y se vio en Stafford Hall, acurrucada en lo alto de las escaleras y mirando hacia el vestíbulo, donde su madre estaba llorando mientras le suplicaba a un arrogante y frío hombre.

–Vas a volver con ella, ¿verdad? ¿Creías que no sabía lo de tu última amante cuando todo Londres sabe que has pasado noches con ella en lugar de conmigo? ¡Por el amor de Dios, Lionel...!

Judith Stafford levantó las manos hacia su esposo en tono suplicante, pero en los ojos del conde no había piedad, sólo una fría indiferencia que se volvió furia cuando su mujer lo agarró de la solapa de su chaqueta.

–¿Por qué demonios iba a querer pasar contigo más tiempo del necesario? Eres una neurótica, eres patética.

Lionel Stafford apartó a su mujer con tanta fuerza que ella tropezó y cayó al suelo de rodillas.

–Cálmate, Judith, y da gracias de que me voy a otras partes a buscar placer cuando tú me niegas mis derechos de esposo en la cama.

–No estoy bien, Lionel. Sabes que mi corazón me obliga a tener cuidado...

–Bueno, pues yo estoy aburrido de tu enfermedad –el conde abrió la puerta y le dirigió una última mirada a su esposa, que seguía sobre el frío suelo de mármol–. No me esperes levantada. No sé cuándo volveré.

Eleanor recordó la furia que la había invadido cuando su padre se había marchado con un portazo dejando a su madre allí, en el suelo. A los doce años había sido incapaz de expresar el odio que sentía por su padre, y menos de un año después, tras la muerte de su madre a causa de un infarto, la habían enviado a un colegio interno y había quedado al cuidado de una niñera durante las vacaciones, mientras que el conde estaba en el extranjero. Su resentimiento se había enconado en su interior. Lionel Stafford había muerto antes de que Eleanor tuviera la oportunidad de decirle lo mucho que lo odiaba, pero ahora, mientras veía el arrogante rostro de Vadim, todo ese rencor salió a la superficie.

–Creo que eres la clase de hombre egoísta que obtiene todo lo que quiere y que no da nada a cambio. Tienes fama de mujeriego, pero no respetas a las mujeres –levantó la cabeza y lo miró, decidida a no dejarse desconcertar por esa mirada de burla que tanto la enfurecía. Pero no había nada de diversión en esos penetrantes ojos azules, sólo un brillo que la hacía arder por dentro y sentir escalofríos al mismo tiempo.

¿Cómo se había atrevido si quiera a sugerir que fueran amantes? ¿Y cómo se había atrevido a besarla con tanto deseo? No podía apartar la mirada de su boca, no podía olvidar el sensual placer de sus labios deslizándose sobre los suyos, pero de ningún modo quería que volviera a besarla. ¡Claro que no!

–Preferiría morir antes de que me tocaras otra vez –en cuanto pronunció esas palabras, supo que había sonado como una cría y que había resultado demasiado dramático; por eso se ruborizó más todavía cuando él la miró con gesto divertido.

–Si creyera que lo dices en serio me iría y no volvería a molestarte, pero los dos sabemos que no es verdad. Me deseas tanto como yo a ti, y lo has hecho desde el momento en que nos vimos en París. La atracción entre los dos fue instantánea, pero no tienes agallas para admitirlo con sinceridad.

Furiosa, se quedó mirándolo, temblando de rabia, aunque en el fondo sentía la necesidad de provocarlo, de incitarlo a hacer... ¿qué?

–¿Cómo puedes pensar que conoces mi mente mejor que yo?

–Sé que quieres que vuelva a besarte –de pronto su voz sonó áspera, y la diversión que habían reflejado sus ojos quedó reemplazada por un abrasador calor–. Probemos un pequeño experimento, ¿de acuerdo? –alargó el brazo y la llevó hacia él, ignorando el intento de Eleanor de resistirse con insultante facilidad mientras acercaba la boca a la suya.

En esa ocasión no hubo delicadeza, sino una brutal pasión mientras le robó un beso sin compasión con un descarado movimiento de su lengua antes de adentrarse en la húmeda calidez de su boca y explorarla con destreza. Resistirse a él era imposible cuando estaba rodeándola con sus brazos, pero su cerebro le recordó que podía limitarse a actuar con pasividad hasta que él terminara. Sin embargo, para su vergüenza, le falló la fuerza de voluntad y la deliciosa presión de su boca resultó ser una irresistible tentación.

Resultaba ridículo que a los veinticuatro años no supiera besar a un hombre, pensó Eleanor. Pero la música la consumía tanto que nunca había sentido más que una leve curiosidad por el sexo opuesto, y en las raras ocasiones en las que había accedido a tener una cita había encontrado que el obligatorio beso en el coche le resultaba de lo más aburrido.

Que Vadim la besara era una experiencia completamente distinta; él era un maestro en el arte de la seducción. La erótica caricia de su lengua hizo que le resultara imposible seguir pensando, y dejó de intentar negar que sentía algo porque eso era como negarse a sí misma. Cuando capituló del todo, ella también comenzó a explorar su boca haciéndolo gemir.

Estaba sonrojada y sin aliento cuando finalmente él la soltó.

–¿Lo ves? Has sobrevivido.

Eleanor deseó poder dirigirle algún comentario brusco, pero parecía que su cerebro había dejado de funcionar. Sentía los labios hinchados cuando los recorrió con su lengua y dudó que pudiera pronunciar palabra alguna.

Vadim comenzó a susurrarle algo en ruso mientras volvía a llevarla a sus brazos, pero de pronto, alguien abrió la puerta y encendió la luz.

–Oh... lo siento –Jenny no se molestó en ocultar su curiosidad al ver a Eleanor sonrojarse y apartarse bruscamente del guapo ruso que había estado mirándola toda la noche–. Eleanor, ha habido una confusión con los taxis. Sólo han enviado uno y el violoncello de Claire ocupa la mitad del asiento trasero. El conductor dice que volverá por ti después de que nos haya llevado a casa, porque tú vives en la otra dirección. ¿Te importa esperar?

–No, no pasa nada –Eleanor forzó una sonrisa, a pesar de tener la sensación de que la cabeza le iba a explotar de un momento a otro. La migraña que había empezado a notar un poco antes había atacado con fuerza y el dolor, que iba en aumento, le impedía concentrarse en cualquier otra cosa. Se negó a enfadarse por el problema del taxi a pesar de que la idea de tener que esperar a que la llevaran a casa se le hacía insoportable cuando tenía una docena de martillos aporreándole el cráneo. Supuso que podría llamar a otro taxi de la compañía, pero mover la cabeza, aunque fuera un poco, ya resultaba agonizante, y ya estaba notando esa desagradable náusea que precedía a los vómitos provocados por el dolor.

–¿Estás bien? –la voz de Jenny fue como el chirrido de un neumático para sus sensibles oídos–. Estás un poco verde.

De algún modo, Eleanor logró esbozar otra sonrisa.

–Me duele la cabeza. No es nada. Será mejor que te vayas o el taxi se marchará sin ti.

–¿Estás segura?

–Yo llevaré a Eleanor a casa –la profunda voz de Vadim sonó firme y decidida y en cualquier otra circunstancia ella se habría rebelado contra su tono autoritario, pero en ese momento era imperativo llegar a casa lo antes posible, así que asintió con la cabeza muy ligeramente e intentando reprimir una mueca de dolor mientras unas estrellitas se encendían delante de sus ojos.

–Gracias –pudo sentir la sorpresa de Vadim ante su repentina docilidad. El dolor era cada vez peor, estaba cegándola y fue tambaleándose detrás de él hasta llegar al vestíbulo, donde recogió su violín del mostrador de seguridad, y después salir la calle. Había esperado que el aire fresco le quitara las náuseas, pero más bien las empeoró y después de meterse en el coche deportivo e indicarle el camino hasta su casa, cerró los ojos y rezó por no vomitar sobre la tapicería de cuero.

Si había algo que Vadim no podía soportar, era una mujer enfurruñada. Ni siquiera sabía por qué estaba molestándose por Eleanor después de que sus intentos de mantener una conversación fueran respondidos con escasos monosílabos. Apartó la mirada de la carretera un segundo y la miró con impaciencia, pero ella había girado la cabeza hacia la ventanilla. Conocía a muchas mujeres tremendamente atractivas a las que podría llamar que estarían encantadas de darle unas horas de agradable compañía y de sexo sin complicaciones. Así que, ¿por qué estaba con esa chica pálida y demasiado delgada que pasaba del calor al frío a una velocidad asombrosa?

Su frialdad lo intrigaba, admitió, y especialmente ahora que había probado la ardiente pasión que ocultaba detrás de su máscara de dama de hielo. Pero sus intentos de lograr que Eleanor cenara con él, y de que se metiera en su cama, habían resultado infructíferos y estaba empezando a preguntarse si merecía la pena tanto esfuerzo por esa chica. Tal vez debería dejarla en casa y sacarla de su mente...

–Para el coche –gritó ella de pronto.

–Según el navegador aún no hemos llegado a la dirección.

–Tú para el coche, por favor.

La urgencia de su tono de voz lo dejó impresionado. ¿Quería que la dejara en la carretera porque tenía miedo de que si la llevaba a casa le pediría que lo invitara a pasar? Soltó una sarta de improperios en ruso y frenó; al instante ella bajó del coche y corrió hacia los matorrales que había detrás de la carretera.

–¿Eleanor...?

–¡No me sigas!

Él volvió a maldecir. ¡Qué se pensaba que iba a hacerle! Pero entonces oyó el inconfundible sonido de los esfuerzos por vomitar procedentes de detrás de los arbustos y unos minutos después Eleanor reapareció, pálida y con los ojos hundidos. Parecía un cadáver y la impaciencia de Vadim se desvaneció cuando una emoción que no podía definir le encogió el pecho.

–¿Pero qué te pasa?

–Migraña –Eleanor lo miró avergonzada; en sus ojos ya no quedaba nada de ese deseo que había visto antes, pero no era de extrañar cuando la acababa de oír echar el contenido de su estómago–. Suelo tenerlas después de una actuación. Tocar es increíblemente agotador y parece que demasiadas emociones me afectan físicamente –se apoyó contra el coche, preguntándose si él le dejaría volver a entrar o si prefería que se fuera andando por miedo a que vomitara dentro–. Y, en parte, tú tienes la culpa –murmuró sin atreverse a mirarlo–. Me desconciertas.

–¡Por fin hablas con sinceridad! Si te sirve de consuelo, tú también me desconciertas a mí. Pero no estoy seguro de que me guste la idea de ponerte enferma físicamente.

–Tú no... quiero decir... no has sido tú... –¿por qué demonios había admitido que la desconcertaba? Ella era reservada por naturaleza y odiaba que la llamaran la Princesa de Hielo, pero en ese momento daría lo que fuera por parecer fría y distante–. Me resulta muy emotivo interpretar la *Sinfonía del Nuevo Mundo* de Dvorak –murmuró mientras el color volvía a su cara.

–Me alivia saber que mi beso no es lo que te ha hecho vomitar –dijo Vadim con tono divertido. Eleanor lo miró... o intentó hacerlo..., pero el dolor que sentía en las sienes la obligó a cerrar los ojos y desear estar de vuelta en casa, en la Mansión Kingfisher, en lugar de estar ahí de pie junto a la carretera con un hombre que la enfurecía y fascinaba a partes iguales.

–¿Tomas medicación para el dolor de cabeza?

Ella abrió los ojos y lo encontró de pie a su lado y, por alguna inexplicable razón, quiso apoyar la cabeza sobre su amplio pecho.

–La tengo en casa. Suelo llevarla encima, pero esta noche se me ha olvidado.

–En ese caso será mejor que te lleve a casa enseguida –la ayudó a entrar en el coche y volvió a sentarse detrás del volante–. Déjame a mí –se estiró hacia ella y le abrochó el cinturón de seguridad y a pesar del palpitante dolor de cabeza, Eleanor fue consciente de su cercanía y sus sentidos despertaron ante el sutil aroma de su colonia.

Bajo la luz de las farolas su piel color aceitunada resplandecía como la seda, pero el brillo de sus ojos azules estaba protegido por unas espesas pestañas negras. Tenía la boca a escasos centímetros de la suya y Eleanor recordó la firme presión de sus labios exigiéndole a los suyos una respuesta que ella había sido incapaz de contener. De pronto sintió calor, cuando sólo segundos antes había estado helada, pero sabía que eso no era otro síntoma de la migraña. Por alguna razón, ese hombre la afectaba como ninguno otro lo había hecho y le hacía sentir cosas que ella había creído que jamás la inquietarían.

Cuando Vadim le había dicho que algunos de sus amigos pensaban que era frígida, no le había sorprendido. Ya había pensado que la razón de su absoluta falta de interés por el sexo opuesto no se debía sólo al odio que sentía por su padre, y que simplemente debía de ser una falta de apetito sexual. Pero los sueños eróticos que la habían asaltado mientras dormía desde que ese ruso le había besado la mano en París habían echado por tierra esa hipótesis. Él había despertado su sensualidad, pero lejos de querer explorar esas sensaciones, su instinto era salir corriendo y no detenerse.

–Por el amor de Dios, no me mires así ahora, cuando sabes muy bien que yo no puedo hacer nada.

–¿Cómo te miro? –murmuró ella, aturdida por el dolor y sobrecogida por su potente masculinidad.

–Como si quisieras que volviera a besarte una y otra vez, hasta que el roce de nuestras bocas ya nos supiera a poco y sólo pudieran satisfacernos las caricias de nuestros cuerpos desnudos –le dijo con una voz que desprendía sexualidad.

–Yo no... yo no...

–Mentirosa.

Estaba tan pálida como un cadáver. Vadim controló su frustración y arrancó el motor mientras se preguntaba cómo podía haberse creído la imagen que Eleanor proyectaba de mujer reservada, fría e independiente cuando en realidad era una masa de emociones, una mujer intensa, de sangre caliente y sorprendentemente vulnerable que lo intrigaba más que cualquier otra mujer que hubiera conocido en su vida. En ese momento alejarse de ella no era una opción. La deseaba y sabía muy bien que ella lo deseaba a él; simplemente tenía que convencerla de ello.

Pero ése no era el momento y tuvo que reconocerlo con sólo mirarla. Parecía muy frágil y se quedó sorprendido por lo mucho que le preocupaba verla así. Condujo por la carretera principal hasta que el navegador le indicó que girara a la derecha, hacia una calle que de pronto le resultó familiar; frunció el ceño cuando se detuvo delante de una enorme y bella mansión.

–¿Ésta es tu casa?

–Ojalá –murmuró Eleanor, demasiado dolorida como para preguntarse a qué se debía el brusco tono de Vadim–. Es de mi tío. Tiene un negocio inmobiliario y cuando la Mansión Kingfisher salió al mercado el año pasado la adquirió como inversión. Alquila gran parte de la casa y yo vivo en la zona anexa que estaba destinada al servicio y hago de cuidadora cuando la casa está vacía... que es como lleva desde hace unos cuantos meses –bajó del coche y observó la preciosa casa de la que se había enamorado–. Con suerte cuando el tío Rex encuentre un nuevo inquilino me dejarán que siga viviendo aquí –el hombre de negocios norteamericano que había alquilado la mansión el año anterior había viajado mucho por motivos de trabajo y le había alegrado que Eleanor se quedara echándole un ojo a la casa, pero los nuevos inquilinos podrían querer usar la zona de empleados, lo que significaría que ella tendría que mudarse. La posibilidad de tener que buscarse otro lugar para vivir había estado preocupándola durante las últimas semanas, pero en ese momento lo único en lo que podía pensar era en tomarse unos cuantos analgésicos y meterse en la cama, y por eso empezó a avanzar hacia la puerta principal sobre unas piernas que parecían ir a fallarle de un momento a otro.

De pronto, unos fuertes brazos la sujetaron y ella dejó escapar un pequeño grito cuando Vadim la levantó en brazos.

–Deja de resistirte y permíteme que te ayude. Estás a punto de desmayarte –ella tenía los ojos cubiertos de dolor y el brillo de unas lágrimas a punto de brotar volvieron a encogerle el corazón cuando normalmente no soportaba la debilidad. Su infancia había sido dura y carente de dulzura y amabilidad y los dos años que había pasado haciendo el servicio militar en el ejército ruso habían sido brutalmente duros. Había aprendido que la supervivencia dependía de la fortaleza física y mental y admitía eso de lo que lo habían acusado algunas de sus ex amantes al decir que era duro e incapaz de sentir emoción.

Había pasado tanto tiempo conteniendo sus sentimientos que le había impactado descubrir que podía sentir compasión; por la razón que fuera, la mujer que llevaba en brazos tenía la capacidad de despertar en él algo que podía describir como ternura. Pero la idea de sentirse atraído por Eleanor por algo más que una atracción sexual resultaba perturbadora y la rechazó de plano. Lo único que le pedía a las mujeres con las que compartía breves periodos de su vida era que lo satisficieran físicamente, y Eleanor no era diferente, se recordó. La deseaba y pronto la tendría y, como sucedía en los casos anteriores, cuando se cansara de ella y el deseo se desvaneciera, buscaría a otra.

Capítulo 3

YA PUEDES bajarme –insistió Eleanor cuando Vadim abrió la puerta y cruzó el vestíbulo en dirección a las escaleras que conducían al piso de arriba–. Mi parte de la casa está en la planta baja, cruzando esa puerta. Me las arreglaré sola, gracias –añadió tensamente cuando, en lugar de dejarla en el suelo, se giró hacia la puerta que ella le había indicado.

Él empujó la puerta con el hombro y entró en su salón, una espaciosa sala dominada por un piano de cola. Estaba situada en la parte trasera de la casa y a través de unas puertas de cristal se podía ver el jardín y, tras él, una amplia extensión del río Támesis resplandeciendo bajo la luz de la luna.

–Debes de tener unas vistas maravillosas del río.

–Oh, sí, y de Hampton Court al otro lado. Me encanta este lugar. No puedo soportar la idea de tener que mudarme. Fue todo un detalle por parte de mi tío convencer al anterior inquilino para que me dejara quedarme, pero puede que la próxima vez no tenga tanta suerte. El problema es que no hay muchos pisos que pueda permitirme y que tengan habitaciones lo suficientemente grandes para el piano o donde pueda practicar durante horas sin molestar a los vecinos.

–¿Por qué no vendes el piano? Mi conocimiento de

los instrumentos musicales es limitado, pero sé que los Steinway valen una fortuna.

–Jamás lo venderé. Era de mi madre. Le encantaba y fue una de las posesiones por las que luché cuando tuve que vender Stafford Hall. Esa casa era el pilar de la familia; fue un regalo que Enrique VIII le hizo a uno de mis antepasados y, junto con una considerable fortuna, pasó de generación a generación... hasta que cayó en manos de mi padre.

La indiscutible amargura de su voz despertó la curiosidad de Vadim.

–¿Qué sucedió? ¿Y dónde están tus padres ahora?

–Los dos han muerto. Mi madre murió cuando yo tenía trece años y mi padre hace cinco años, después de que se hubiera bebido y apostado todo el dinero. Cuando se le acabó, fue vendiendo todo lo valioso que había en la casa, pero por suerte mi madre me había dejado su violín y su piano en el testamento y no pudo tocarlos, aunque lo intentó. Después de que muriera tuve que vender Stafford Hall para saldar la montaña de deudas que había dejado y fue entonces cuando el tío Rex me dejó mudarme aquí.

El difunto conde no sólo había malgastado la fortuna Stafford en su amor por el whisky y el casino, sino también en sus amantes. Su padre había sido un mujeriego y desde que era niña ella había jurado no sentirse atraída jamás por la clase de hombres que trataban a las mujeres como si fueran un mero entretenimiento.

De modo que... ¿por qué había permitido que Vadim Aleksandrov, un hombre que cambiaba de mujer tanto como se cambiaba de calcetines, la besara esa noche? Y, peor aún, ¿por qué le había dado la impresión de que estaba dispuesta a meterse en la cama con él?

El dolor provocado por su migraña no era excusa para dejar que la hubiera metido en casa, ni para permitirse sentir sus brazos rodeándola o el latido de su corazón contra su oído. Se sentía segura, pero eso no era más que una ilusión porque al lado de Vadim ella nunca estaría segura. Era un hombre como su padre, un guapo rompecorazones, y desde el momento en que lo conoció su instinto la advirtió de que se mantuviera alejada de él.

–Bájame, por favor –pero él la ignoró y cruzó el salón hasta una puerta detrás de la que se encontraba su dormitorio.

–¿Dónde están los analgésicos?

–En el cajón de la mesilla.

Lentamente, la dejó sobre la cama.

Eleanor gimió de dolor cuando él encendió la lamparita, pero en cuanto encontró el medicamento, Vadim la apagó de nuevo haciendo que la única luz que entrara en la habitación fuera la de la luna.

–Te traeré un poco de agua.

Lo oyó entrar en el baño y volver segundos más tarde con un vaso de agua. Apenas tenía fuerzas y por eso agradeció que él le quitara la tapa al bote de analgésicos y le pusiera dos píldoras en la mano. Era un medicamento fuerte y Eleanor sabía que en diez minutos, quince como mucho, lograría escapar del dolor.

–¿Sabes cómo llegar hasta la puerta? –le susurró ella mientras se hundía sobre las almohadas.

–Sí, y me iré una vez que estés metida en la cama –la aterciopelada voz de Vadim sonó extrañamente suave y relajante y ella cerró los ojos, aunque volvió a abrirlos en cuanto sintió la mano de él sobre su tobillo.

–¿Qué estás haciendo?

–Quitándote los zapatos. No puedes meterte en la cama con unos tacones de aguja.

¿Cómo podía hacer que el mero hecho de rozarle las plantas de los pies mientras le quitaba los zaparos resultara tan erótico?, se preguntó Eleanor.

–Ahora el vestido.

–No vas a quitarme el vestido, ni hablar –pero él la ignoró y la giró delicadamente para poder bajarle la cremallera de la espalda.

–¿Estás diciéndome que puedes quitarte la ropa tú sola? –interpretó el fulminante silencio de Eleanor como un «no» y le quitó el vestido con absoluta facilidad, posiblemente gracias a la experiencia labrada a base de desnudar a tantas mujeres. Discutir con él le resultaba imposible cuando la cabeza estaba a punto de explotarle. Lo único que quería era dormir y librarse de ese dolor y cuando él le dijo que alzara las caderas, obedeció y dejó que le bajara el vestido por las piernas. Ni siquiera le importó que pudiera ver su sencilla y cómoda ropa interior negra. Temblaba de dolor y en esas circunstancias no le importaba nada, pero cuando él apartó las sábanas y la arropó, los buenos modales la obligaron a hablar.

–Gracias por traerme a casa.

Eleanor parecía muy frágil y el hecho de que no se hubiera rebelado como una gata salvaje cuando le había quitado el vestido era una indicación de la gravedad de su dolor de cabeza, pensó Vadim.

–¿Tus migrañas suelen durar mucho?

–Debería estar bien por la mañana... o eso espero –murmuró adormilada conforme los analgésicos iban haciendo efecto.

–Bien. En cuanto a darme las gracias, podrás hacerlo cuando cenes conmigo la próxima semana.

Cuando Eleanor abrió los ojos, él ya estaba saliendo por la puerta.

–Te he dicho que la semana que viene estaré en Alemania.

Vadim miró atrás y su sensual sonrisa le tocó el corazón.

–Pero estarás de vuelta el fin de semana, se lo he preguntado a uno de los músicos de la orquesta. Te llamaré.

Eleanor no sabía si tomarse eso como una amenaza o como una promesa, aunque él ya había salido de la habitación y había cerrado la puerta sin hacer ruido mientras ella seguía intentando pensar en otra excusa que ponerle. «Qué hombre tan irritante», pensó. Pero antes de dejarse vencer por el sueño se recordó que su capacidad para inquietarla tanto lo convertía en un hombre peligroso y estaba totalmente decidida a no cenar con él.

Eleanor se había recuperado por completo de su migraña para cuando voló hacia Colonia con la orquesta. Había visitado esa ciudad muchas veces, y en lugar de ir a hacer turismo con Jenny, decidió ensayar durante varias horas antes de la actuación. El programa de *concertos* de Bach y Beethoven fue recibido con gran aclamación; la orquesta recibió unas críticas excelentes y llegó a Gatwick el sábado por la mañana.

–No me importaría que me recibieran con un ramo de flores –comentó Jenny con envidia cuando salieron por la puerta de llegadas y vio un mensajero sujetando un enorme ramo de rosas rojas.

Sorprendida, Eleanor vio al mensajero hablando con uno de los miembros de la orquesta para después dirigirse a ella.

–¿Eleanor Stafford? Son para usted.

–Debe de ser un error...

–Abra la tarjeta. Tenga... –Jenny le sujetó el violín y con dedos temblorosos Eleanor abrió el sobre y leyó la nota que había dentro.

Bienvenida a casa, Eleanor. La cena será esta noche a las siete. Te recogeré en la Mansión Kingfisher.

Estaba firmada por Vadim y ver su letra la llenó de furia y excitación al mismo tiempo.

–Ni siquiera ha dejado un número de teléfono para que pueda llamarlo y cancelarlo –dijo irritada.

Jenny la miró como si estuviera loca.

–¿Y por qué ibas a querer cancelar la cena? Es increíblemente guapo, millonario y sexy, y además te ha enviado dos docenas de rosas. ¿Qué más quieres? Este tipo es fantástico.

–No quiero nada de él y lo único que él quiere es llevarme a la cama.

–Bueno, ¿y qué tiene eso de malo? –Jenny se detuvo en seco y miró a su amiga–. Desde que estábamos en el internado siempre has dicho que no querías casarte nunca.

–Y no quiero –le respondió extrañada, sin saber adónde conducía la conversación.

–Pero estás diciendo que tampoco quieres una aventura. ¿Vas a vivir como una monja el resto de tu vida?

–Sí... no... no lo sé. ¿Estás diciéndome que debería convertirme en el juguete de Vadim Aleksandrov?

–Se me ocurren destinos bastante peores –dijo Jenny con tono alegre–. En serio, Eleanor... Sé que no te llevabas bien con tu padre y que trató mal a tu madre, pero no puedes aislarte del mundo ni de los hombres ni de las relaciones sólo porque el matrimonio de tus padres no funcionara.

–Yo no hago eso –se defendió, aunque sabía que estaba mintiendo. Jenny no lo comprendía. ¿Cómo iba a entenderlo cuando sus padres llevaban treinta años casados y su padre era un hombre bueno y amable que adoraba a su esposa y a sus cuatro hijos? Ella había pasado muchas de las vacaciones del internado con Jenny y su familia y encantada habría cambiado la grandiosa mansión Stafford por la casita que los March tenían en Milton Keynes, un hogar lleno de amor y de risas. Jenny no sabía lo que había sido tener que presenciar cómo su padre destruía a su madre con su maltrato psicólogico, y en ocasiones físico, pero esas cicatrices seguían en la mente de Eleanor y se había prometido que jamás permitiría que un hombre la manipulara.

–¿Cuándo ha sido la última vez que has tenido una cita?

Ella se encogió de hombros.

–Hace un par de meses. Cené con el flautista Michail Danowski cuando nos visitó la Orquesta Polaca.

–Es gay, así que eso no cuenta.

Eleanor se libró de tener que responder a eso

cuando llegó un taxi y pasaron los siguientes minutos metiendo sus violines y el equipaje en el maletero.

–No puedes meterlas aquí, se aplastarán –le dijo Jenny cuando Eleanor colocó el ramo de flores encima de su maleta.

Las rosas eran preciosas, tuvo que admitir una vez que el taxi ya se había puesto en marcha y ella observaba el ramo que tenía sobre el regazo. Los aterciopelados pétalos eran rojo rubí y llenaban el coche con su sensual perfume.

Las rosas rojas eran para los amantes y estaba claro que no quería pasarse la vida como una monja, pero la música y su carrera, tanto en la orquesta como solista, le robaban todo el tiempo y no podía pensar en una relación en ese momento. Por otro lado, Vadim no quería una relación, lo único que quería era una aventura, y ella se negaba a ser una más de su lista.

Ver la Mansión Kingfisher y los cerezos que flanqueaban el camino de entrada bañados por el sol de primavera le levantó el ánimo y estaba ansiosa por abrir las puertas de cristal de la parte trasera de la casa y salir al jardín del muelle privado junto al majestuoso río Támesis. Pero primero tenía que ocuparse del correo y un mensaje que le habían dejado en el contestador hizo que el regreso al hogar no fuera tan placentero.

–«Eleanor, soy el tío Rex. He encontrado un nuevo inquilino para la Mansión Kingfisher. Está interesado en comprarla, pero quiere alquilarla durante seis meses para ver si le gusta. No tienes por qué mudarte. Le alegra que te quedes hasta que decida qué va a hacer.

Volveré a llamarte para concertar una cita y que puedas conocerlo... con suerte este fin de semana».

A Eleanor se le cayó el alma a los pies.

Sabía que su tío había estado pensando en vender la mansión ahora que el negocio inmobiliario había resurgido después de un parón de dos años, pero había preferido no pensar en ello. Ahora parecía probable que tuviera que mudarse en cuestión de meses y el problema de encontrar un piso con habitaciones lo suficientemente grandes para albergar un piano de cola haría que la búsqueda de casa resultara bastante difícil.

De pronto la vida le pareció estar llena de incertidumbres y la idea de ver a Vadim otra vez lo empeoraba todo. Se pasó el resto del día en un estado de nerviosismo que aumentó según se acercaban las siete. Estaba segura de que él no había dejado su número de teléfono en la tarjeta para evitar que ella cancelara la cena, pero si creía que era la clase de mujer que se dejaría dominar por él, estaba muy equivocado. Ningún hombre iba a manejarla nunca, pensó con firmeza e intentando ignorar lo amable que había sido al llevarla a casa. Se sonrojó al recordar cómo le había quitado el vestido y cómo, en lugar de intentar aprovecharse de ella, Vadim se había comportado como todo un caballero y la había arropado.

¡Maldita sea! ¿Por qué no captaba el mensaje de que no quería tener nada con él?, pensó irritada mientras colocaba las rosas en un jarrón. No quería que le enviara flores, pero eran tan bonitas que tampoco podía tirarlas a la basura. La mayoría de las mujeres estarían encantadas de recibir rosas de un guapísimo multimillonario, admitió mientras pensaba en la conversación que había tenido con Jenny. Pero ella no era como la mayoría de las mujeres y aunque se lo había negado a su amiga, sabía que el miedo y el odio que había sentido por su padre seguían condicionando el modo en que se relacionaba con los hombres.

Como era habitual cuando se sentía tensa, la música era su salvación.

Estaba forjándose una exitosa carrera como violinista, pero aún tocaba el piano por placer y enseguida se vio perdida en otro mundo según movía los dedos sobre las suaves teclas de marfil y encontraba alivio en sus piezas favoritas de Chopin y Tchaikovsky.

La evocadora melodía de la *Sonata Claro de Luna* llegó hasta Vadim cuando salió del coche y se dirigió a la puerta de la Mansión Kingfisher. Se detuvo para escuchar y sintió cómo se le erizó el vello de la nuca. Eleanor poseía un gran don y su genialidad como músico lo fascinaba tanto como su delicada belleza despertaba su deseo. Al no querer molestarla llamando al timbre, fue a la parte trasera de la casa donde las notas salían por las puertas de cristal y llenaban el aire.

Ella estaba totalmente absorta y no levantó la vista cuando él se sentó en una de las sillas del jardín, se recostó y cerró los ojos para adentrarse en la música y olvidarse de todo lo demás. Nunca había tocado un instrumento en su vida; los lujos como las clases de música no habían sido posibles durante su infancia. El trabajo de su padre en una fábrica apenas generaba el dinero suficiente para pagar el alquiler del diminuto apartamento en el que habían vivido con su abuela y su vida siempre se había visto dominada por los esfuerzos para comprar comida que los sustentara durante las frecuentas épocas de escasez. Sabía poco sobre los grandes compositores, pero por alguna razón la música tenía el poder de calmar su agitada alma, de llegar a lo más hondo de su interior y de hacer una grieta en el muro de granito que rodeaba su corazón.

Cuando las últimas notas de la melodía se desvanecieron, Eleanor flexionó los dedos y se dio cuenta de que la sala ya no estaba invadida por el sol de la tarde, sino por el comienzo del crepúsculo.

–Tocas como los ángeles.

El familiar y sexy acento le hizo girar la cabeza bruscamente hacia las puertas de cristal y ponerse de pie.

–¿Cuánto llevas ahí?

Tocar el piano era una experiencia intensamente personal, un vínculo especial con su madre en el que ella volcaba su alma y ahora se sentía como si hubiera expuesto ante Vadim sus emociones más íntimas.

Él entró en la habitación.

–Unos veinte minutos –la brillante mirada azul de Vadim se deslizó sobre la camiseta y los vaqueros desteñidos de Eleanor. Ésa era la Eleanor Stafford que el mundo no veía. Durante los últimos años se la había considerado una virtuosa del violín y se había hablado mucho sobre sus orígenes aristocráticos, además de aparecer en las carátulas de sus CDs como una sofisticada artista. La mujer que ahora estaba mirándolo parecía más joven y sus ojos grises reflejaban una vulnerabilidad que no demostraba en público.

Bajo su fría imagen Vadim sentía una fragilidad emocional que lo advertía de que no siguiera insistiendo. A él le gustaban las relaciones sin complicaciones y se aseguraba de que las mujeres que se metían en su cama siempre supieran que se trataba únicamente de sexo mutuamente satisfactorio sin ataduras. Eleanor parecía ser inocente, aunque en realidad eso no era lo habitual en una veinteañera moderna y de éxito. Verla así, con unos vaqueros que se ajustaban a sus esbeltas caderas como una segunda piel, su piel libre de maquillaje y su pelo cayendo suelto sobre su espalda, no hizo más que intensificar el deseo que sentía por ella.

La química sexual entre ellos era obvia y él era egoísta y siempre obtenía lo que quería sin compasión ni escrúpulos. Tomaría a Eleanor porque su pálida belleza le resultaba irresistible, pero no se responsabilizaría de sus sentimientos una vez que hubiera satisfecho su deseo de poseer su cuerpo.

–No sabía que podías tocar el piano con la misma destreza con la que tocas el violín.

Ella se encogió de hombros.

–Mi madre era una pianista asombrosa. Podría haber tenido una carrera maravillosa, debería haberla tenido, pero... –se detuvo de pronto al sentir ese familiar dolor en el corazón mientras recordaba la delicada sonrisa de su madre y su interminable paciencia cuando había enseñado a su hija a tocar. En lugar de disfrutar de la brillante carrera como pianista que se había merecido, Judith Stafford se había enamorado y había sacrificado sus ambiciones por un marido que había esperado que dedicara su vida a ser su anfitriona social y que le había roto el corazón con sus constantes infidelidades. Ella no cometería el error que había cometido su madre y jamás se enamoraría.

Vadim miró su reloj y Eleanor sintió un cosquilleo

en el estómago al ver la piel aceitunada de su muñeca bajo la manga de la chaqueta negra de Armani que lucía con tanta elegancia, masculinidad y confianza en sí mismo.

–Supongo que has perdido la noción del tiempo. Llamaré al restaurante para decir que nos guarden la mesa mientras te cambias.

Ella tomó aire y le respondió:

–Si me hubieras dado un número de contacto, te habría llamado para explicarte que no puedo cenar contigo esta noche... ni ninguna otra. Ahora mismo estoy muy ocupada –añadió rápidamente y sonrojándose cada vez más bajo la fría mirada de Vadim.

–Pero imagino que en tu apretada agenda encontrarás un momento para comer. Aunque por lo que vi de tu cuerpo la otra noche, está claro que no comes lo suficiente.

–Bueno, lo siento si me encontraste decepcionante –le respondió Eleanor con brusquedad, furiosa por la mención de ese vergonzoso episodio que preferiría olvidar. Si aquella noche no se hubiera encontrado tan mal, jamás le habría permitido ponerle un dedo encima y mucho menos quitarle el vestido. Pero la realidad era que Vadim le había quitado el vestido y, al parecer, la imagen de su huesudo cuerpo y de sus pequeños pechos no lo había vuelto loco de deseo. Aunque eso era bueno, se aseguró conteniendo el estúpido deseo de poseer unas curvas voluptuosas como las de su ex amante, la modelo Kelly Adams. Pero no quería que Vadim estuviera interesado en ella y tal vez ahora que él había comprobado que tenía el atractivo de un insecto palo la dejaría tranquila.

–Yo no he dicho que te encontrara decepcionante

–murmuró él con un repentino brillo en los ojos que hizo que a Eleanor se le detuviera el corazón por un instante.

Era un hombre tremendamente guapo; sus esculpidos pómulos y los rasgos angulosos de su rostro eran cruelmente bellos, suavizados por la sensual curva de su boca. Parecía casi irreal, como una estatua de mármol o uno de esos modelos de las revistas de moda a los que habían retocado para alcanzar la perfección. Pero Vadim era muy real, un hombre de carne y hueso que estaba demasiado cerca de ella.

–Sabes que me siento atraído por ti. No escondo que te deseo –le dijo con una mirada abrasadora.

Eleanor contuvo el aliento cuando él le colocó la mano bajo la barbilla y agachó la cabeza.

–Pero yo no... Yo no quiero...

–¿No quieres tener citas? Tal vez sea así con otros hombres –dijo con arrogancia–, pero yo soy diferente. Te desconcierto.

Cuando ella abrió la boca para discutir, él aprovechó y le dio un beso que la dejó sin sentido.

Un instinto de autoprotección advirtió a Eleanor de que se resistiera, de que se librara de los brazos de Vadim y que apartara la cara para que él no pudiera acceder a sus labios. Pero otro instinto hizo que en su interior despertara un deseo que era nuevo para ella, además de aterrador y devorador. Quería que la besara; durante la última semana había sido incapaz de olvidar el beso en la Mansión Amesbury y sus sueños habían estado cargados de imágenes eróticas de lo que podría haber pasado si no los hubieran interrumpido. Ahora esos sueños se hacían realidad y los labios de Vadim volvían a desprender su magia haciéndole abrir la boca para recibirlo.

Ningún hombre la había besado como Vadim estaba haciéndolo.

En el pasado había salido con un par de músicos de la orquesta, pero su innato recelo la había hecho parecer fría y las relaciones habían terminado enseguida. Con Vadim era diferente. Él parecía ver su retraimiento como un desafío y había logrado despertar su sensualidad. Por primera vez en su vida Eleanor sentía la penetrante intensidad del deseo sexual y le parecía imposible resistirse a su atractivo.

Él deslizó una mano entre su pelo y tiró suavemente para ladear su cabeza y besarla más intensamente, haciendo más presión con sus labios mientras su lengua hacía que Eleanor deseara más y más. Con la otra mano recorría su cuerpo y rodeó sus nalgas acercándola tanto a sí que ella pudo sentir su poderosa excitación contra su pelvis. No debería estar permitiéndole hacerlo, le susurraba una voz a Eleanor dentro de su cabeza, pero él dominaba sus sentidos y un pequeño escalofrío de deseo la recorrió cuando él coló una mano debajo de su camiseta y le acarició su plano abdomen haciéndola sentir un cosquilleo entre las piernas.

La mano de Vadim continuó su viaje hacia arriba y en cualquier momento descubriría que Eleanor no llevaba sujetador. Sus dedos rozaron la piel que rodeaba sus pechos y ella contuvo el aliento mientras permitía que la tocara donde no había permitido que ningún hombre la tocara antes, que curvara su mano alrededor de su pequeño y firme pecho y acariciara su inflamado pezón.

Pero para su sorpresa, él terminó el beso bruscamente.

–Tenemos que irnos enseguida o perderemos la reserva. Tienes cinco minutos para cambiarte.

Eleanor lo miró aturdida, y los latidos de su corazón fueron ralentizándose a medida que la vergüenza iba reemplazando el frenético palpitar provocado por el deseo. ¿Cómo podía haber sido tan débil y tan estúpida?, se preguntó. Le había hecho a Vadim formarse una idea de ella totalmente equivocada y ahora él pensaría que podía invitarla a cenar a cambio de sexo.

Durante un momento se planteó la idea de encerrarse en su dormitorio hasta que Vadim se fuera, pero... ¿y si se negaba a irse? Ya le había demostrado su determinación a la hora de salirse con la suya y tenía la sospecha de que si se enfrentaban, él saldría ganando.

De todos modos, estaría más segura en un abarrotado restaurante, pensó cuando entró en su habitación y abrió el armario. No creía que él se atreviera a dar el espectáculo al besarla delante del resto de clientes del restaurante y con suerte durante la cena podría convencerlo de que de verdad no quería tener ningún tipo de relación con él. Pero cuando se miró al espejo y vio sus labios sonrojados e inflamados y ese brillo en sus ojos, admitió que lo más difícil sería convencerse primero a sí misma de ello.

Capítulo 4

HASTA hacía dieciocho meses el armario de ropa de trabajo de Eleanor había consistido en elegantes pero sencillos vestidos negros que llevaba en las actuaciones. Pero cuando Marcus Benning se había convertido en su representante había insistido en que buscara una imagen más sexy y la había convencido para comprar trajes de diseño en sedas y satenes de distintos colores. A ella, tímida por naturaleza, le había costado acostumbrarse a su nueva imagen, sobre todo cuando había pasado a ser el centro de atención de muchos hombres, pero ahora agradecía ese cambio que había ido acompañado de clases de maquillaje para las sesiones de fotos. Una ligera base de maquillaje, una sombra de ojos gris para realzar el color y máscara de pestañas negra, sumadas a un brillo de labios rojo brillante, creaban una máscara detrás de la que podía esconderse; la máscara de una mujer elegante y segura de sí misma.

Por desgracia todo eso no era más que una ilusión, admitió mientras se ponía un vestido de cóctel de seda rojo que era más corto de lo que recordaba.

Estaba nerviosa y tenía el pulso acelerado, pero después de recogerse el pelo en un moño y de echarse perfume en las muñecas ya no pudo retrasar más el momento de volver al salón para reunirse con Vadim.

Estaba de pie junto a la chimenea mirando las fotos de su madre, pero se giró cuando ella entró y el fuego que desprendieron sus ojos cuando la miró de arriba abajo la hizo temblar más todavía.

–Estás impresionante, pero me parece que con lo que has elegido intentas decirme algo –murmuró él con cierto sarcasmo.

Eleanor se sonrojó.

–¿Preferirías que me hubiera puesto un saco?

–Estarías preciosa llevaras lo que llevaras –se detuvo un segundo antes de añadir–: Y exquisita si no llevaras nada –se había movido y estaba tan cerca que ella podía oler su perfume a sándalo y cítrico–. Pero me gustaría mejorar algo –le puso un dedo sobre los labios y le quitó el pintalabios–. Así mejor. Tus labios resultan mucho más apetecibles cuando no están cubiertos por esa cosa pegajosa.

–Me temo que vas a tener que ir a cenar tú solo –le dijo furiosa–. De pronto he perdido el apetito.

–Pues es una pena porque estoy hambriento –sus ojos resplandecieron con picardía cuando la recorrieron desde su elegante moño hasta sus zapatos de tacón de aguja rojos–. Y odio comer solo; me pone furioso y eso es malo para mi digestión. Además, de todos modos tendrás que cenar algo y no tienes nada en la nevera aparte de un yogur caducado... me he fijado cuando me he servido un vaso de agua y me he echado un par de cubitos de hielo –aprovechó el silencio de Eleanor para darle un beso en los labios antes de darse la vuelta y darle una palmadita en el trasero–. Una advertencia, carita de ángel: no soporto a las mujeres que se enfurruñan. ¿Nos vamos?

–Eres el hombre más arrogante, insoportable...

–con las mejillas del mismo color que su vestido rojo, Eleanor agarró su chal y su bolso y salió por la puerta no sin antes evitar fijarse en el ramo de rosas dentro del jarrón; los últimos rayos del sol de la tarde entraban por las ventanas dándole a las pétalos un tono rojo sangre; el aroma que desprendían era de lo más sensual y Eleanor cedió ante su buena educación y añadió–: Gracias por las rosas. Son preciosas.

–Un placer.

¿Cómo lograba él decir tanto con sólo dos palabras?

Suponía que la mayoría de las mujeres con las que Vadim salía eran expertas en el arte del flirteo y que se dejaban llevar encantadas por esos jueguecitos, pero a ella le ponía nerviosa y no estaba segura de poder enfrentarse a un hombre tan seguro de sí mismo y menos cuando todavía sentía en sus labios el cosquilleo de ese último beso, un beso demasiado corto...

De camino al restaurante se sintió aliviada de que él no hubiera querido hablar, aunque ese silencio no hizo más que añadir tensión a su ya de por sí alterado estado. Le dirigió una mirada de sorpresa cuando él encendió el reproductor de CDs y su última grabación de los *concertos* para violín de Mendelssohn llenaron el coche.

–Te oí tocar por primera vez hace un año y me quedé impactado por tu increíble talento. No hay duda de que tu carrera estará plagada de éxito tras éxito.

Las ventas del CD habían sido elevadas; cientos, si no miles de personas, debían de haber escuchado su música, pero a medida que las notas de la exquisita composición flotaban entre los dos Eleanor no pudo evitar pensar que le había revelado sus emociones más íntimas a Vadim y eso la hizo sentirse extremadamente vulnerable.

Se alegró cuando llegaron a Mayfair.

Simpson-Brown tenía fama de ser uno de los mejores restaurantes de la capital y había que hacer reservas con meses de antelación, pero cuando entraron en el elegante establecimiento a Vadim lo recibieron como si fuera de la familia e inmediatamente los acompañaron hasta una mesa.

–¿Vienes aquí a menudo? –le preguntó Eleanor cuando tomaron asiento y después de que Vadim se hubiera detenido varias veces de camino a su mesa para saludar a otros comensales que lo habían llamado.

–Ceno aquí dos o tres veces al mes. Aún no tengo residencia fija en Londres, así que he estado viviendo en un hotel en Bloomsbury desde hace seis meses –se detuvo y le lanzó una enigmática mirada–. Pero esa situación está a punto de cambiar.

–¿Vas a volver a París? He leído en alguna parte que tienes una casa allí.

–Es verdad, tengo un piso en los Campos Elíseos, pero tengo intención de establecerme en Londres para perseguir varios... intereses.

No había duda de que se refería a intereses comerciales, se aseguró Eleanor.

Pero a pesar de ello no pudo controlar los acelerados latidos de su corazón ante la descarada mirada cargada de sexualidad que él le había dirigido, ni dejar de mirar esa sensual boca que le hacía perder la compostura. «Tranquilízate», se ordenó furiosa. Tenía veinticuatro años, una exitosa carrera y no era la primera vez que un hombre guapo la invitaba a cenar...

aunque sí que era la primera vez que se había quedado tan impactada por un miembro del sexo opuesto.

La llegada del camarero a la mesa para preguntarles si tomarían un cóctel antes de cenar rompió la tangible tensión.

–Yo tomaré un martini con vodka –Vadim miró a Eleanor–. Decidiremos si tomar vino tinto o blanco cuando pidamos la cena, pero ¿te apetece un aperitivo? Anton puede recomendarte varios cócteles sin alcohol si lo prefieres.

¿Se pensaba que era tan poco sofisticada como para no soportar el alcohol?, pensó Eleanor irritada. Le lanzó una fría sonrisa y se estrujó los sesos en busca del nombre de un cóctel... el que fuera...

–Tomaré un Singapore Sling, por favor.

Él enarcó las cejas.

–¿Está segura? La combinación de ginebra con licor de cereza puede ser letal para un estómago vacío.

¡Si fuera por él le pediría un batido!

–Estaré bien, gracias –le aseguró con frialdad.

El camarero se marchó y ella miró a su alrededor, consciente de que durante la siguiente hora tendría que estar hablando exclusivamente con Vadim. No se le ocurría nada que decir y dio las gracias cuando el camarero reapareció al instante con sus bebidas.

Vadim levantó su copa.

–Por las nuevas amistades... y las nuevas experiencias –añadió con un brillo de diversión en la mirada mientras Eleanor daba un pequeño sorbo a su copa antes de atragantarse con la bebida y ocultarlo tosiendo. Una vez más, él se quedó impresionado por su aire de inocencia, pero su experiencia con las mujeres le decía que a todas les gustaba actuar y estaba seguro de que

Eleanor sabía hacerse la ingenua. Se relajó en su silla y leyó la carta, pero muy a su pesar no puedo evitar mirarla y absorber la delicada belleza de su rostro, la delicada línea de su clavícula y la suave curva de sus pechos. Era muy, muy, hermosa y se había colado en sus pensamientos con demasiada frecuencia durante los últimos días, pensó Vadim mientras un cosquilleo invadía su entrepierna haciéndolo moverse en la silla y cambiar de postura.

–Como ruso que aprecia el buen caviar, puedo recomendarte el Real Beluga para empezar. Y como plato principal, son excelentes el lenguado asado con salsa Béarnaise o el pollo con tomillo y limoncillo.

Eleanor dejó de intentar entender la exótica carta que incluía, entre otras cosas, ternera con sorbete de *wasabi* e hígado de ternera con puré de trufa. Al menos sabía qué era el caviar, aunque no lo había probado, y le encantaba el lenguado.

–Lo del caviar suena bien y después me gustaría tomar lenguado, gracias.

–Yo tomaré lo mismo –le dijo Vadim al camarero–. Y una botella de Chablis, gracias.

El camarero se alejó y Eleanor levantó su copa y dio otro trago de ese cóctel rojo con aspecto inofensivo. Era demasiado dulce para su gusto y sabía parecido al jarabe para la tos, pero el toque de alcohol ya no le parecía tan fuerte ahora que se había acostumbrado al sabor. Consciente de que Vadim estaba mirándola, le lanzó una fría sonrisa y dio otro trago.

–Bueno, ¿cuántos años tenías cuando descubriste tu talento musical?

–Mi madre me regaló mi primer violín cuando tenía cuatro años, pero recuerdo entonar melodías en el piano desde que podía subirme al taburete –sonrió–. Recuerdo oír a mi madre tocar el piano; era sensacional y me siento privilegiada por haber heredado un poco de su talento.

–¿Tienes hermanos?

–No. Mi madre desarrolló una grave enfermedad coronaria después de que yo naciera y eso impidió que tuviera más hijos. Estábamos muy unidas. La música creó un vínculo especial entre las dos.

Vadim la miraba fijamente.

–Creo que has dicho que eras una adolescente cuando murió, ¿verdad? Debió de ser muy duro vivir esa tragedia siendo tan pequeña.

Después de más de una década, Eleanor aún no estaba segura de haber superado la muerte de la persona que más había amado en el mundo, pero la conversación estaba desviándose hacia un aspecto de su vida que nunca trataba con nadie, así que se limitó a encogerse de hombros y decirle:

–Eso pertenece al pasado y por lo menos he podido seguir el sueño de mi madre. Ella nunca tuvo la oportunidad de actuar –su voz se endureció–, y menos aún cuando se casó con mi padre. Pero siempre deseó que yo tuviera una carrera exitosa como violinista. Antes de morir creó un fondo fiduciario y dejó instrucciones de que recibiera una educación musical. Gracias a mi madre he estudiado con uno de los mejores profesores de violín del mundo.

–¿Y te gusta? ¿El sueño de tu madre también era tu sueño? –le preguntó con voz suave.

–Claro que sí... Qué pregunta tan extraña. La música es mi vida y adoro tocar.

–Eso no es lo que te he preguntado. Me parece

como si tu madre hubiera dictado tu vida desde la tumba. Simplemente me preguntaba si alguna vez pensaste en dedicarte a otra cosa o si de verdad tienes la ambición de ser una solista de éxito.

–Mi madre no ha dictado mi vida –negó Eleanor furiosa–. Ella simplemente quiso que tuviera las oportunidades que ella nunca tuvo y me alegra haber podido cumplir su sueño.

Una carrera en solitario también era su sueño, se aseguró mientras intentaba ignorar esa vocecita dentro de su cabeza que le decía que, aunque adoraba formar parte de una orquesta, no disfrutaba tanto del miedo escénico que le provocaba actuar como solista. En cuanto a lo de haber pensado en otra profesión... era verdad que en algún momento se le había pasado por la cabeza estudiar Derecho, pero enseguida había descartado la idea. La música era su vida y sentía el honor de seguir el camino que su madre había abierto para ella.

–Mi madre esperaba que tuviera una carrera de éxito para no tener que depender nunca de un hombre, como ella dependió de mi padre. La música me ha dado esa independencia y ése es el mayor legado que me ha dejado mi madre.

Era la segunda vez que Eleanor había dejado caer que no sentía demasiado afecto por su padre y aunque Vadim nunca se interesaba por la vida personal de las mujeres con las que salía, no podía negar que sentía curiosidad por saber más sobre ella.

–Después de que tu madre muriera, supongo que te crió tu padre. ¿Tenías una relación estrecha con él?

Por un segundo Eleanor visualizó el frío rostro de su padre y su expresión de desprecio las pocas veces que se habían visto. Sabía que su hija lo odiaba y le gustaba provocarla con su retorcido sentido del humor y su cruel forma de hablar sabiendo que ella le tenía miedo y que eso la impedía decirle lo que pensaba de él.

–No. Me enviaron a un colegio interno y él prefería vivir en su villa del sur de Francia antes que en Stafford Hall, así que no lo veía mucho.

Sabía que Vadim quería preguntarle más, pero para su alivio el camarero se presentó en su mesa con el primer plato. El caviar iba servido en un cuenco de cristal colocado a su vez en un cuenco más grande lleno de hielo picado y en cuanto vio las diminutas, negras y brillantes huevas de pescado se le pasó el apetito.

–Um... esto tiene un aspecto delicioso –murmuró cuando el camarero puso delante de ella un plato de tortitas de trigo.

Vadim ocultó su sonrisa.

–¿Has comido caviar alguna vez?

–No.

–Es la comida de los dioses –le aseguró él–. La forma rusa de comerlo es directamente de la cuchara, acompañado por un trago de vodka helado. Pero ya que eres virgen en el tema del caviar, creo que será mejor que nos olvidemos del vodka para que puedas experimentar el verdadero placer de su sabor y su textura en tu boca.

Eleanor sintió cómo su rostro se sonrojó y se preguntó si Vadim habría notado que su virginidad no se limitaba sólo al tema del caviar.

Lo vio llenar una cucharita de cristal con unas cuantas bolitas brillantes y abrió los ojos de par en par cuando él se estiró por encima de la mesa y le colocó la cuchara a unos centímetros de sus labios.

–Cierra los ojos y abre la boca –le ordenó con su profundo y sensual acento. Su brillante mirada azul ardía y de pronto el aire que los rodeaba se cargó de electricidad y el restaurante, el resto de comensales y el murmullo de las voces parecieron desvanecerse.

Completamente absorta, Eleanor cerró los ojos y sintió el frío borde de la cuchara contra sus labios, seguido de la curiosa textura de las suaves bolitas sobre su lengua. El sabor era indescriptible; un ligero toque a pescado y a sal, pero un intenso sabor. Abrió los ojos y se encontró con la penetrante mirada de Vadim. Estaba observando su reacción y la experiencia resultó tan increíblemente sexual que Eleanor no pudo reprimir el pequeño escalofrío que le recorrió la espalda.

–¿Cuál es tu veredicto?

Ella terminó de tragar y se relamió labios para captar el sabor que había quedado en ellos haciendo que ese gesto inconsciente excitara a Vadim.

–Divino.

Él respiró hondo y se obligó a recostarse en la silla y a contener la tensión sexual que los envolvía a los dos.

–Entonces, come. Cubre uno de esos panqueques rusos con crema agria, añádele un poco de caviar y disfruta.

Mientras Eleanor seguía sus instrucciones se quedó impactada al ver que le temblaban las manos. Por un momento se había quedado completamente hechizada por Vadim y sabía que no habría podido detenerlo si él hubiera rodeado la mesa, la hubiera llevado a sus brazos y le hubiera hecho el amor allí mismo en mitad del abarrotado restaurante. De pronto se sintió invadida por el pánico y deseó que terminara la velada. Vadim era demasiado. La abrumaba y le hacía sentir cosas que no había sentido antes. Su cuerpo se había vuelto especialmente sensible y cuando bajó la mirada se quedó horrorizada al ver que se le habían endurecido los pezones y que se estaban marcando a través de su vestido de seda.

Le lanzó una mirada furtiva y tragó con dificultad cuando vio que Vadim estaba mirándola, que estaba mirando sus pechos.

–¿Vas a Rusia a menudo? –le preguntó en un desesperado intento de romper ese sensual hechizo que él le había lanzado.

–Tengo una casa en Moscú, pero sólo voy una o dos veces al año ahora que casi todo mi negocio está en Europa.

–¿Y tu familia? ¿Siguen viviendo en Rusia?

Por un segundo algo se encendió en los ojos de Vadim, algo parecido a un intenso dolor, pero enseguida ocultó esa expresión y cuando la miró de nuevo su rostro volvía a ser una hermosa máscara que no dejaba ver nada.

–No tengo familia. Mi padre y mi abuela murieron hace muchos años.

Aún impactada por la mirada que acababa de ver, Eleanor dio un sorbo de vino y le preguntó:

–¿Y tu madre?

Él se encogió de hombros.

–Se marchó cuando yo tenía siete u ocho años. Mi padre era un hombre adusto que se pasaba la mayor parte del tiempo trabajando u ocupado con sus funciones en el partido comunista. Por lo que sé, mi madre era mucho más joven que él. De vez en cuando tengo el vago recuerdo de verla sonreír, algo que ni mi padre ni mi abuela hacían nunca, y supongo que ella quiso tener una vida mejor.

–Pero te abandonó –murmuró Eleanor con el corazón encogido mientras lo imaginaba como un niño pequeño y abandonado por su madre–. ¿Tu abuela era buena? Quiero decir, ¿te cuidaba bien?

–Mi abuela venía de una aldea remota en Siberia, donde las temperaturas del invierno solían caer hasta los treinta grados bajo cero y era tan fría como el clima en el que se había criado. Tenía unos setenta años cuando nací y dudo que le hiciera gracia tener que volver a desempeñar el papel de madre a su edad. Nunca pareció complacerle mi presencia y a pesar de ser una anciana, era muy fuerte azotando con el cinturón... hasta que aprendí a correr lo suficiente como para esquivarla, aunque entonces ella le pasó a mi padre la tarea de pegarme.

–Eso es horrible. Tuviste una infancia muy dura.

–Pero sobreviví. Y comparado con los dos años que pasé en el ejército, mi infancia fue como ir de picnic.

No dijo nada más, pero su silencio fue de algún modo más evocador que las palabras.

Eleanor recordó un artículo que había leído una vez sobre la violencia institucional con la que solían encontrarse los jóvenes reclutas en el ejército ruso, y supuso que Vadim había aprendido a ser física y mentalmente duro.

Desvió la mirada y se obligó a seguir comiendo.

El lenguado estaba delicioso, pero se le había quitado el apetito. No podía olvidar ese brillo de dolor en sus ojos cuando le había preguntado por su familia y no podía evitar sentir que en su pasado había secretos que él no le había revelado.

–¿Alguna vez has intentado encontrar a tu madre? Quiero decir, puede que siga viva.

Vadim se terminó su pescado y le dio un largo trago a su vino.

–Es muy posible, pero no me interesa. ¿Por qué iba a hacerlo? Me abandonó cuando más la necesitaba y la experiencia me enseñó a no confiar en ningún ser humano.

Eleanor sabía por experiencia que las cicatrices emocionales marcadas por una infancia desdichada seguían doliendo al hacerte adulto y ahora podía entender mejor por qué se había ganado esa reputación de mujeriego que se negaba a comprometerse con ninguna de sus amantes.

Se dio cuenta de que Vadim y ella tenían algo en común porque ambos habían sufrido de niños y eso los había marcado. Ella, después de haber visto el sufrimiento que había padecido su madre de manos de su padre, no buscaba un compromiso con ningún hombre y mucho menos quería casarse. Valoraba su independencia tanto como lo hacía Vadim, pero... ¿podría tener con él una aventura sin ataduras, como Vadim había sugerido, y que su corazón saliera indemne? Sus instintos le decían que estaba jugando con fuego, pero el brillo de deseo que veía en sus ojos le hacía querer experimentar la pasión que él le había prometido.

Lo miró y descubrió que estaba mirándola con una intensidad que le resultó inquietante. En un esfuerzo por quitarle tensión a la atmósfera que se había creado entre ellos, le sonrió.

¿Por qué la sonrisa de Eleanor le recordaba a la de Irina?, se preguntó Vadim.

Con su cabello rubio claro y su inglesa tez rosada no guardaba ningún parecido con su esposa, que igual que él, había tenido la piel aceitunada y el cabello castaño oscuro. Pero las dos mujeres compartían la misma sonrisa. Cerró los ojos un instante, como si de algún modo pudiera hacer desaparecer el dolor que lo había invadido. El rostro de Irina flotaba ante él y su cálida sonrisa le partió el corazón. Había sido una mujer tímida y reservada que no le había pedido mucho a la vida, sólo que él la amara. Y lo había hecho. Había amado a Irina, pero para su pesar no había valorado lo mucho que su esposa había significado para él hasta que tuvo su límpido y frío cuerpo entre sus brazos.

La sonrisa de Eleanor se desvaneció al ver la dura expresión de Vadim; tenía la impresión de que aunque estaba mirándola, no estaba viéndola y se preguntó adónde lo habían arrastrado sus pensamientos.

Para su alivio, llegó el camarero para preguntarles si querían postre y de pronto Vadim volvió al presente con una sensual sonrisa que hizo que a Eleanor se le acelerara el corazón y que se diera cuenta de que sería muy fácil enamorarse de él. Pero era un hombre mucho más complejo de lo que su fachada de mujeriego dejaba ver y ella debía proteger sus emociones.

Vadim desvió la conversación hasta otros temas durante el resto de la cena. Era una compañía entretenida e inteligente y mientras Eleanor se tomaba la *mousse* de chocolate amargo que se había pedido de postre fue cayendo más y más bajo su hechizo. Vadim poseía una aire peligroso que le repelía e intrigaba al mismo tiempo, pero aunque se recordó que no era más que un mujeriego despiadado, como lo había sido su padre, sentía en él una inesperada vulnerabilidad que le hizo desear saber más sobre el hombre que se ocultaba detrás de esa máscara.

–Bueno, ¿y qué planes tienes para tu carrera? –le preguntó él mientras se tomaban el café.

Aunque había hablado poco sobre sí mismo, la había animado a ella a hablar sobre su vida como violinista y los años que había estudiado en la Escuela Real de Música y de algún modo le había hecho revelarle confidencias que sólo había compartido con algunos amigos íntimos.

Después de un cóctel y dos copas de vino, Eleanor empezaba a sentirse demasiado relajada y llena de un extraño descaro que le había hecho descubrir que el flirteo era algo divertido, sobre todo con un hombre tan sexy como Vadim.

–La semana que viene daré un concierto como solista en el Palais Garnier de París y después estaré la mayor parte del tiempo en Londres grabando la banda sonora para una película y trabajando con mi próximo álbum en solitario.

La lenta sonrisa de Vadim le robó el aliento y el calor que desprendieron sus ojos le produjo una peculiar sensación entre las piernas.

–Pues resulta que yo también voy a estar en Londres la mayor parte del tiempo durante los próximos meses y eso nos da una oportunidad ideal para llegar a conocernos mejor.

Sus intensos ojos azules se quedaron clavados en su boca antes de recorrer sus delgados hombros y bajar hasta sus pechos dejándole a Eleanor muy claro lo mucho que quería conocer su cuerpo y haciendo que la confianza en sí misma que ella acababa de descubrir se desvaneciera al instante.

–Voy a tener mucho trabajo y no tendré tiempo para nada más...

Él la hizo callar poniéndole un dedo sobre los labios y vio en ella una dulzura y una ingenuidad que le recordaron a Irina; por un momento le pareció injusto forzar una aventura cuando sabía que en cuestión de semanas se cansaría de esa chica. No quería crearle esperanzas ni hacerle pensar que ella podría ser para él algo más que un encuentro sexual, pero sus labios eran muy suaves y la tentación de besarla lo hizo excitarse. Desde que la había conocido había tenido fantasías en las que le hacía el amor y la única solución que se le ocurría era acostarse con ella hasta que se aburriera de esa relación.

–Ya sabes que además del trabajo una persona tiene que divertirse. Y nosotros podríamos divertirnos juntos, carita de ángel.

Tal vez tenía razón, pensó Eleanor mientras él pagaba la cuenta.

Una aventura con Vadim sería divertida mientras durara y, al contrario de lo que creía Jenny, ella no quería vivir como una monja durante el resto de su vida. Tal vez no tenía experiencia y era cierto que su conocimiento sobre el sexo se limitaba a las películas y a las revistas femeninas, pero sabía demasiado bien que Vadim sería un amante creativo y desinhibido que la excitaría y que calmaría ese deseo que despertaba en ella.

Londres estaba lleno de vida cuando salieron del restaurante, las aceras llenas de gente y las calles llenas de coches.

–¿Quieres que te lleve a casa o prefieres que vayamos a algún bar? –le preguntó Vadim al agarrarla de la cintura.

Teniéndolo tan cerca, Eleanor pudo sentir su duro cuerpo y sus musculosos muslos, pudo sentir el calor que emanaba su piel y el aroma de su colonia que se mezclaba con otro perfume naturalmente masculino. Su sentido común insistía en que le pidiera que la llevara a casa, donde le daría las buenas noches con mucha educación y le dejaría claro que no quería volver a verlo. Pero por primera vez en su vida sintió la necesidad de rebelarse contra las cohibiciones de su vida que no le daban oportunidad de relacionarse. Solía irse a dormir después de las noticias de las diez, pero tenía veinticuatro años ¡por el amor de Dios! ¡Ya era hora de que viviera un poco!

–Podría ser divertido ir a algún bar –murmuró y recibió una sensual sonrisa que le provocó un cosquilleo por la espalda.

–Soy socio de Annabel's, en Berkeley Square. No está lejos de aquí. ¿Te apetece caminar? –mientras hablaba, Vadim la agarró de la mano y ella no pudo más que asentir.

Capítulo 5

EL BAR Annabel's era un lugar frecuentado por los ricos y famosos y aunque había numerosas celebridades en la pista de baile, Eleanor vio que tanto ellos como los empleados del local se quedaron impactados con la presencia de Vadim. Eso le hizo darse cuenta de su poder y de su magnética atracción que atraía a hermosas mujeres con cuerpos perfectos con las que no pudo evitar compararse mientras se preguntaba por qué demonios Vadim iba a estar interesado en ella.

Pero Vadim sólo parecía tener ojos para Eleanor y ella no podía más que encontrarlo halagador, y a medida que avanzaba la noche y que corría el champán, comenzó a relajarse y a divertirse. Bailar esa música funky con Vadim mientras él movía sinuosamente su pelvis contra su cuerpo hizo que un abrasador calor le recorriera las venas.

–¿Lo estás pasando bien?

La música ahora era más lenta y ellos seguían moviéndose por la pista de baile, cadera contra cadera, mientras él deslizaba su mano sobre la espalda de ella en una sensual caricia.

–Sí –admitió Eleanor. No veía razón para negarlo cuando se sentía más viva que nunca.

–Bien.

Vadim bajó la cabeza y comenzó a besarla, lentamente. Ella no se resistió y todo su cuerpo tembló cuando la lengua de él se coló en su boca y exploró su húmeda calidez hasta hacerla perderse en ese nuevo mundo de placer sensorial, tanto que dejó de ver a la gente que los rodeaba para verlo únicamente a él.

Eran las tres de la mañana cuando salieron del bar.

–Éste no es tu coche –murmuró Eleanor cuando una limusina negra se detuvo junto a ellos.

–Nunca conduzco después de beber varias copas. Le he dicho a mi conductor que se llevara el Aston Martin de vuelta a mi hotel y que volviera a recogernos en la limusina –la miró extrañado al verla tambalearse sobre sus tacones–. ¿Estás bien?

–Claro que estoy bien. ¿Por qué no iba a estarlo? –se agachó para meterse en el coche, pero no calculó la altura del marco de la puerta y se dio un golpe en la cabeza–. Nunca me he sentido mejor –le aseguró con tono alegre. Y era verdad; varias copas de champán habían acabado con su habitual inhibición y ahora se sentía sexy y desesperada por que Vadim volviera a besarla.

Pero hacía calor dentro del coche y eso, unido al suave movimiento una vez que el conductor lo puso en marcha, tuvo un efecto soporífero en ella y le hizo cerrar los ojos y dejar caer la cabeza sobre el hombro de Vadim.

«Parece una jovencita», pensó él mientras le quitaba la horquilla de la cabeza para que el cabello le cayera sobre los hombros.

La clase de mujer con la que solía salir se habría pasado el camino acariciándole el muslo como preludio de una noche de mutua satisfacción sexual en lugar de acurrucarse a él como una gatita adormilada.

Había algo en Eleanor que hacía que le remordiera la conciencia y no era la primera vez que pensaba que podía estar cometiendo un error al perseguirla, sobre todo desde que había descubierto que cargaba con un bagaje emocional que parecía estar relacionado con su triste relación con su padre.

Las emociones eran complicadas y ésa era la razón por la que no quería tener nada que ver con ellas. Le había fallado a Irina y se negaba a volver a ser el responsable de la seguridad emocional de otra mujer.

Eleanor frunció el ceño cuando la agradable almohada sobre la que descansaba su cuello se movió. Alguien la agarró por los hombros y la zarandeó y una impaciente voz sonó en su oído.

–Eleanor, despierta. Ya estamos en la Mansión Kingfisher.

Levantó los párpados y vio los impactantes ojos de Vadim. Tenía su cara tan cerca que se humedeció los labios como preparándose para que la besara.

Durante un segundo, Vadim se vio tentado a ignorar la voz de su conciencia que le advertía que Eleanor podía ser más inocente de lo que se había imaginado en un principio. Era adulta y estaba claro que lo deseaba, pero se había tomado un par de copas de champán además del vino y del cóctel durante la cena y estaba seguro de que no estaba acostumbrada a beber alcohol. Él había hecho muchas cosas en el pasado que después había lamentado y se negaba a sumar a la lista el haberse aprovechado de una chica inocente que le recordaba demasiado a su difunta esposa.

–Vamos, te acompañaré dentro –le dijo bruscamente cuando ella salió del coche tambaleándose.

Eleanor se quedó atónita y decepcionada al ver que

Vadim la agarraba del brazo sin más y la llevaba hacia la casa ya que hacía un momento había estado segura de que estaba a punto de besarla. Tal vez quería estar a solas con ella cuando la besara y no delante del chófer... Lo miró de soslayo y la recorrió un escalofrió al imaginar su sensual boca de nuevo sobre la suya. ¿Le bastaría con el beso o la llevaría a su dormitorio y le haría el amor?

Hurgó en su bolso para encontrar las llaves, abrió la puerta principal y se giró hacia él. Su sensual sonrisa le robó el aliento y deseó que la tomara en sus brazos.

–Buenas noches, Eleanor.

¿Buenas noches? Lo miró confundida cuando él se apartó.

Al salir del bar el ardiente brillo de sus ojos la había convencido de que quería avanzar en su relación y en el camino a casa ella había tomado la decisión de explorar esa química sexual que estaba a punto de estallar entre ellos.

¡Pero Vadim iba a marcharse! ¿Tal vez estaba esperando a que ella le diera una señal para indicarle que no lo rechazaría si la besaba?

–¿Te apetecería entrar... a tomar un café?

Él se detuvo antes de llegar al coche y se giró lentamente para volver a reunirse con ella en la puerta. La luz de la luna iluminaba su rostro y sus esculpidos rasgos; era increíblemente guapo e intensamente masculino. El calor que emanaba de su cuerpo le produjo una curiosa sensación en la pelvis; nunca se había sentido tan sexualmente atraída por un hombre y dejándose llevar por sus instintos, se movió hacia él y alzó la cara.

Vadim le susurró algo en ruso, pero Eleanor estaba demasiado distraída con el deseo de sentir su boca que no se preguntó qué significaban esas palabras. El corazón le martilleaba el pecho cuando él rozó sus labios en una caricia de lo más delicada que la dejó temblando y queriendo más. Eleanor abrió la boca para intensificar el beso y sintió una sacudida de placer cuando el deslizó la lengua en su interior y comenzó con una exploración que aumentó su excitación.

No podía resistirse a él ni tampoco a lo que le pedía su propio cuerpo, mucho más deseoso de experimentar ese nuevo mundo de placer sensorial. Con un suave suspiro, deslizó las manos sobre sus hombros de modo que sus pechos quedaron contra el torso de él. Estaba impaciente porque Vadim la rodeara por la cintura y la acercara más a su cuerpo, pero se quedó sorprendida cuando él de pronto se apartó y le agarró las manos.

–Gracias por la invitación, pero tengo que volver.

Aún temblando de deseo, Eleanor no pudo ocultar su decepción.

–Pero creía que... –le ardieron las mejillas cuando se dio cuenta de que Vadim no iba a meterla en casa para seducirla y de que había sido ella la que había instigado el beso.

–Es discutible a quién vas a odiar más mañana, carita de ángel... si a ti o a mí –le dijo él con voz suave cuando ella se apartó algo indignada. Comenzó a caminar hacia su coche sin mirar atrás y Eleanor, furiosa ante su propia estupidez, entró en la casa y cerró la puerta de un golpe.

Abrió los ojos y vio un brillante sol entrando en su habitación, y cuando miró el reloj descubrió que era casi mediodía. Se sentía confusa, pero lentamente la bruma de su cerebro se disipó y su memoria volvió con fuerza.

La noche anterior había cenado con Vadim y él le había dado a probar el caviar. Después, habían ido a un bar y habían bailado durante horas antes de que la llevara a casa, donde prácticamente le había suplicado que pasara la noche con ella... ¡y él la había rechazado!

Absolutamente avergonzada, se encogió y se cubrió la cara con la almohada.

«¿En qué estaba pensando?». Pero estaba claro que en aquel momento no había estado pensando... al menos no con claridad, y sus actos se habían debido al exceso de champán. Debió de ser eso porque, de lo contrario, ¿por qué iba a haber pensado que podría tener una aventura con Vadim cuando sabía que era la clase de hombre que solía evitar?

¿Habría sido un juego para él? Un juego que sin duda habría ganado ya que ella le había mostrado su deseo de acostarse con él... La idea la puso enferma y salió de la cama bruscamente. Fue a la cocina y vio que se le habían acabado la leche y las bolsitas de té.

Varios vasos de agua y una ducha más tarde, se sintió algo mejor... al menos, físicamente. Pero no dejó de recriminarse su actuación y, desesperada por salir de la casa, se puso unos vaqueros y una camiseta, abrió las puertas de cristal y salió afuera.

El jardín era un derroche de color, con el césped color esmeralda rodeado de flores en una variedad de brillantes tonos, pero fue ver a Vadim sentado en la mesa de la terraza lo que la hizo detenerse en seco.

–¿Qué... qué haces aquí?

El impacto de verlo allí hizo que le temblaran las

piernas y la obligó a dejarse caer en una de las sillas. No ayudó nada que estuviera tan tremendamente guapo con unos vaqueros desteñidos y un polo negro con los botones desabrochados que dejaba ver su bronceada piel. A diferencia de ella, estaba claro que él no estaba padeciendo los efectos adversos del champán. Se le veía completamente relajado hojeando los periódicos del domingo mientras un delicioso aroma a café recién hecho salía de la jarra que tenía delante.

–Buenas tardes. Imagino que te has dormido.

–No entiendo por qué... ni cómo estás aquí –murmuró Eleanor deseando que se quitara sus gafas de sol de diseño para poder verle los ojos.

Pero entonces una voz chillona llamó su atención y se sorprendió todavía más al ver a Lily, la hija pequeña de su prima, correr por el jardín.

–¡Eleanor! Hemos venido a verte, pero estabas durmiendo. El abuelito ha dicho que no te despertáramos.

–Sí, hoy me he levantado un poco más tarde –dijo avergonzada ante la sonrisa de Vadim. Le dio un abrazo a Lily–. ¿Está aquí el abuelito?

–Está ahí.

–Hola, Eleanor –su tío se acercó y se la quedó mirando–. Estuviste de fiesta anoche, ¿eh? Eso está bien. Siempre he dicho que pasas demasiado tiempo encerrada con el violín. Las chicas de tu edad deberían divertirse –miró a Vadim–. Imagino que os habréis presentado. Te he llamado un par de veces antes para decirte que Vadim va a alquilar la Mansión Kingfisher desde hoy, pero no debes de haber oído el teléfono. Imagino que tampoco habrás oído al camión de transportes ni al ejército de empleados que Vadim ha contratado para traer sus cosas...

–Yo... –todo era surrealista y Eleanor decidió que definitivamente se encontraba en el País de las Maravillas. No se extrañaría nada si de pronto apareciera un conejo blanco gigante y celebraran una fiesta del té.

–No estés tan preocupada –le dijo su tío–. Ya le he explicado a Vadim que vives en el piso del servicio y se alegra de que eso siga igual... al menos durante los próximos meses.

–Sí, por supuesto –asintió Vadim–. Suelo viajar mucho por negocios y me gusta que la casa no vaya a quedarse completamente vacía –sonrió como siempre lo hacía, pero por primera vez Eleanor fue inmune a ella–. Hasta que decida si compro la mansión o no, no tendré empleados en la casa, así que puedes quedarte donde estás –le dijo con voz suave antes de añadir–: Supongo que necesitarás un piso lo suficientemente grande donde colocar un piano de cola.

–Ya que lo mencionas, ese piano me parece un problema –le dijo el tío Rex a Eleanor–. Es monstruosamente grande. Deberías pensar en venderlo.

–El piano de mamá es uno de los pocos recuerdos que tengo de ella. Jamás lo venderé.

–Bueno, gracias a la generosidad de Vadim no tendrás que hacerlo por ahora.

Eleanor se quedó con ganas de decirle a Vadim qué podía hacer con su ofrecimiento, pero tenía que admitir que aunque dedicara todo su tiempo libre a encontrar un piso grande, pasarían semanas hasta que lo lograra.

–Abuelito, quiero ir a ver el agua.

–Espera un momento, no te acerques demasiado al río, jovencita –le gritó Rex al salir corriendo detrás.

Eleanor los vio alejarse y después se giró furiosa hacia Vadim.

–¿Es una broma? No puedo creer que hayas tenido el descaro de tramar esto.

–¿De tramar qué?

–De alquilar la mansión. No me digas que no lo tenías planeado.

–La verdad es que no ha sido ningún plan maquiavélico. Hace tiempo que conozco a Rex porque mi empresa le ha comprado varios inmuebles y cuando se enteró de que estaba buscando residencia en el Reino Unido, me enseñó la mansión Kingfisher e inmediatamente decidí alquilarla durante seis meses –eso era cierto, pero lo que no dijo fue que ya tenía decidido mudarse a Belgravia y que cambió de idea la noche que la llevó a casa después del concierto en la Mansión Amesbury.

Eleanor se sonrojó al recordar cómo la había rechazado la noche anterior; estaba claro que no había planeado compartir la casa con ella. Pero durante la cena habría jurado que la deseaba y cuando habían bailado juntos en Annabel's había notado su excitación contra su pelvis. ¿Lo habría malinterpretado todo? ¿O por alguna razón Vadim había cambiado de opinión durante el camino de vuelta y había decidido que ya no quería explorar la química sexual que existía entre ellos?

Ese hombre era un enigma y una vez más sintió que escondía algún secreto.

–Debes entender que no puedo vivir aquí contigo.

Vadim se recostó en su silla, se quitó las gafas de sol y la observó.

–Técnicamente no estaremos viviendo juntos.

–Tienes razón. El piso de empleados tiene su propia entrada y la puerta que lo comunica con la mansión estará cerrada con llave en todo momento.

A juzgar por cómo la miró, Eleanor supo que lo había puesto furioso; sin embargo, cuando le habló, el tono de Vadim fue suave:

–¿Qué crees que voy a hacer? ¿Colarme en tu dormitorio y forzarte? Yo nunca he estado con una mujer en contra de su voluntad. No tienes nada que temer, Eleanor, pero te recordaré que ayer dejaste claro que querías que pasara la noche contigo.

Ruborizada, Eleanor tuvo que tragarse su respuesta cuando Lily volvió al jardín y se lanzó sobre su regazo.

–Mamá ha tenido un bebé.

–Lo sé. Se llama Tom –Eleanor pensó en su prima Stephanie, que había dado a luz hacía tres días–. ¿Es muy chiquitito?

Lily asintió y le enseñó su muñeca.

–Yo también tengo un bebé. Se llama Tracy –se detuvo y dirigió su atención al hombre alto y moreno que tenía delante–. ¿Cómo te llamas?

–Vadim –le respondió él con una sonrisa.

–Hablas gracioso.

–Eso es porque soy de otro país –le explicó Vadim con dulzura y con ese acento que hacía que a Eleanor se le pusiera la piel de gallina–. Soy de Rusia.

–Si quieres, puedes sujetar a Tracy.

–Gracias –Vadim miró la muñeca de trapo que Lily había dejado sobre la mesa y cerró los ojos cuando el dolor se apoderó de él. Resultaba increíble cómo después de tanto tiempo una simple muñeca podía abrir la compuerta de los recuerdos. Su mente retrocedió en el tiempo y vio otra muñeca, otra niña pequeña.

–Sujeta mi muñequita, papá. A Sacha le da miedo el viento. Prométeme que cuidarás de ella, papá.

–Claro que lo haré, *devochka moya*. Cuidaré de las dos.

Pero había roto su promesa; no había cuidado ni de su hija ni de su esposa. Agarró la preciosa muñeca de trapo de Lily y pensó en la estropeada muñeca con pelo de lana marrón que Irina arreglaba cada vez que se descosía y se le salía el relleno.

–Cuando el negocio vaya mejor, le compraré a Klara una muñeca nueva –le había dicho a Irina.

–Le gusta ésta y preferiría ver más a su padre antes que tener una muñeca nueva.

Fue una lástima que no la hubiera escuchado. Ahora se sentiría culpable para siempre.

–¿Te gusta Tracy? –le preguntó Lily–. Me la regalaron por mi cumpleaños.

–Es preciosa. ¿Cuántos años has cumplido, Lily?

–Cinco.

El cuchillo del dolor y de culpabilidad volvió a clavarse en él.

Klara también había tenido cinco años, pero eso no era edad suficiente; debía haber vivido mucho más tiempo, pero había quedado enterrada bajo las toneladas de nieve que se habían desprendido de la montaña y habían arrasado la aldea natal de Irina.

Habían pasado diez años desde aquel fatídico día en el que su mujer y su hija habían muerto en una avalancha y él había aprendido a contener su pena y su dolor. Pero Lily era un angustioso recordatorio de todo lo que había perdido y la muñeca raída que viajaba con él a todas partes era el vínculo que tenía con las dos únicas personas a las que había amado.

Capítulo 6

BUENO, Vadim, creo que será mejor que te dejemos tranquilo para que te instales –le dijo Rex–. No hay mucho más que enseñarte, aparte de la casita que hay junto al río. Si necesitas algo, Eleanor te ayudará. Lleva viviendo aquí... ¿cuánto? ¿cuatro años? Ella se encargó de casi toda la decoración. Seguro que reconoces que lo hizo con mucho gusto.

–La casa es maravillosa.

–Oh, casi me olvidaba. Las fotos del bebé –Rex se sacó del bolsillo un sobre y se lo dio a Eleanor–. Es muy guapo, ¿verdad? Steph dice que se parece mucho a mí.

Eleanor miró la cara redondeada y colorada y la cabeza calva del bebé y al mirar a su tío y tuvo que admitir que el parecido era considerable.

–Es una monada –dijo Eleanor, sorprendida por el instinto maternal que de pronto la invadió.

–Espero que algún día te cases y tengas unos cuantos niños –le dijo su tío.

–Dudo que yo tenga hijos. Por un lado, creo que los niños deberían crecer con dos padres que estén entregados el uno al otro, y ya que nunca me casaré, creo que voy a tener que conformarme con ser madrina –le dio un abrazo a Lily y la niña la apretó con tanta fuerza que pensó que iba a partirle las costillas.

No era que no le gustaran los niños; adoraba a Lily y pasaba mucho tiempo con ella, pero la música y su carrera le exigían mucho tiempo y siempre había pensado que sería egoísta tener un hijo cuando pasaba cinco o seis horas al día tocando.

–Bueno, tienes mucho tiempo para encontrar marido y cambiar de opinión –le aseguró Rex con dulzura, como si fuera necesario animarla y asegurarle que no acabaría siendo una solterona sin hijos.

Pero ella no cambiaría de opinión.

Aunque... si estaba segura de que no quería casarse, entonces ¿qué quería?

Eso fue lo que estuvo preguntándose esa misma tarde. Hasta el momento la música había dominado su vida y no había pensado mucho ni en hombres ni en relaciones, pero todo eso había cambiado después de conocer a Vadim en París y de que él hubiera pasado a ocupar sus sueños y sus pensamientos; se mordió el labio e intentó ignorar la fantasía erótica de sus cuerpos desnudos y entrelazados.

De pronto en su tranquila vida reinaba la confusión y ya no sabía lo que quería. No podía quedarse en la mansión teniendo a Vadim como vecino, pero no tenía otra opción hasta que encontrara un piso. Sólo había un modo de enfrentarse a todo lo que estaba pasando por su cabeza y esa solución consistía en perderse en la música. Su violín era un fiel amigo y siempre le daba paz y tranquilidad.

Durante la siguiente hora no habría peligro de molestar al nuevo inquilino ya que poco después de que Rex y Lily se fueran, Vadim le había dicho que se iba a almorzar y ella había rechazado la invitación de acompañarlo diciéndole que tenía que hacer tareas domésticas. Pasaría la siguiente hora ensayando la pieza de Debussy que esperaba incluir en su siguiente álbum y después ya no podría posponer más la visita al supermercado para llenar su nevera.

–¿Te das cuenta de que has estaco tocando a la perfección y sin descansar durante tres horas? –dijo la profunda voz de Vadim desde las puertas de cristal que Eleanor había dejado abiertas–. O tal vez más –añadió.

Vadim había regresado de almorzar y, en lugar de leer un importante informe financiero, tal y como tenía planeado, había decidido quedarse escuchando a Eleanor toda la tarde.

–Es hora de salir y cenar algo.

–¿Cenar? ¿Qué hora es?

–Casi las siete.

–¡Maldita sea! –Eleanor volvió a la realidad de golpe. El supermercado cerraba a las cuatro los domingos, su nevera parecía un desierto y su estómago estaba recordándole a base de rugidos que no había comido en todo el día. Pero entonces un delicioso olor entró flotando desde la terraza.

–He pedido la cena. ¿Te gusta la comida tailandesa?

El hambre pudo más que el hecho de haber decidido que hasta que encontrara otro piso, Vadim y ella llevarían vidas completamente separadas.

–Me encanta.

–Bien –Vadim sonrió, pero esa sonrisa no llegó a

reflejarse en sus ojos y Eleanor lo notó. Esa noche estaba distante, melancólico, a pesar de que no dejaba de esbozar su sensual sonrisa–. Ven cuando estés lista –le dijo antes de volver a su parte de la casa.

No había razón para no cenar con él tal y como estaba vestida, pensó Eleanor al mirar sus pantalones vaqueros. Pero la bochornosa noche de junio le daba la excusa perfecta para ponerse un fino vestido de seda gris que acababa de comprarse. Tardó unos segundos en aplicarse máscara de pestañas, un brillo de labios rosa claro, soltarse el pelo y echarse unas gotas de Chanel.

Era sólo una cena, se recordó al salir por las puertas de cristal y caminar hasta el segundo juego de puertas que conducían a la casa principal. Esa noche no bajaría la guardia ante el seductor encanto de Vadim.

Se detuvo en la puerta al ver la mesa preparada para dos, con altas velas que iluminaban las rosas blancas colocadas en el centro. Resultaba íntimo y romántico..., pero no, no podía ser. A Vadim eso no le interesaba.

–Estás preciosa –le dijo él, vestido con unos pantalones negros y una camisa blanca. Fueron tres sencillas palabras que pronunciadas con ese acento resultaron una sensual caricia para Eleanor.

–Gracias.

Cuando Vadim retiró una silla, ella se sentó y se entretuvo desdoblando su servilleta mientras intentaba no perder la compostura.

–¿Te apetece un poco de champán?

Ella sacudió la cabeza y se apresuró a servirse agua.

–El agua está bien, gracias –murmuró sonrojándose

ante la burlona sonrisa de Vadim. La tensión sexual fue en aumento hasta que de pronto una figura entró en el comedor y ese sensual hechizo se rompió.

–Ya llega la cena. Tak-Sin es uno de los mejores chefs tailandeses de Londres. Espero que tengas hambre –añadió cuando el hombre entró empujando un carrito cargado con una gran variedad de platos.

–Cuando has dicho que habías pedido la cena, he dado por hecho que la habrían traído en envases de plástico –murmuró Eleanor mientras el chef le colocaba delante un plato de sopa.

–*Gai phadd prek, goong preaw wann...* –iba diciendo el hombre según colocaba platos en la mesa.

–No habla demasiado inglés –explicó Vadim–. El primer plato es pollo con pimientos verdes y eso son gambas con verduras agridulces. Esto es ternera... creo...

–Bueno, tiene una pinta y un olor genial, así que supongo que los nombres no importan –dijo Eleanor antes de probar la sopa. La comida fue como un manjar de dioses para su estómago vacío y se pasó los siguientes diez minutos probando cada uno de los platos con tanta concentración que Vadim tuvo que sonreír.

–Me alegra ver que disfrutas con la comida. La mayoría de las mujeres que conozco parecen sobrevivir a base de mordisquear hojas de lechuga y algún pedacito de pan.

–Supongo que tengo la suerte de poder comer todo lo que quiero sin engordar, pero lo malo es que probablemente siempre seré escuálida y plana de pecho.

–Yo te describiría como esbelta más que escuálida –Vadim se detuvo y posó la mirada sobre sus delgados hombros y el delicado abultamiento de sus pechos–. Y aunque tu pecho sea pequeño, encaja a la perfección con tu delgada figura. Creo que es una lástima que tantas mujeres jóvenes se pongan implantes de pecho y terminen como si se hubieran metido un par de balones de fútbol debajo de la ropa. Yo prefiero un aspecto natural.

Intentando no pensar en las hordas de mujeres con las que habría estado y desesperada por dejar de hablar del tamaño de sus pechos, Eleanor dijo lo primero que se le pasó por la cabeza.

–He oído que tu compañía es la empresa de teléfonos móviles más importante de Rusia y que ahora juega un papel muy importante en el mercado europeo. ¿Cómo empezaste a vender teléfonos?

–La verdad es que empecé vendiendo muñecas rusas. Sí, en serio –se rió cuando ella lo miró con incredulidad–. Muñecas *matryoshkas*... seguro que las has visto; están hechas de madera, suelen ser siete y van una metida dentro de la otra. Cuando salí del ejército la situación política de Rusia estaba cambiando y en los primeros días del postcomunismo era posible por primera vez crear un negocio privado. Yo estaba trabajando como botones en un hotel, el salario no era bueno y estaba desesperado por escapar de la pobreza. Habría hecho lo que fuera, pero tuve suerte. En el hotel conocí a un ejecutivo alemán que tenía una cadena de tiendas de juguetes por toda Europa. Un día me preguntó por las típicas muñecas rusas y mostró interés por venderlas en sus tiendas. Esa misma noche ya le había conseguido un lote de muñecas y había negociado un trato con *herr* Albrecht para ser su proveedor. Ése fue el comienzo de mi carrera. En un par de años ya había ganado el dinero suficiente para invertir en otros negocios. Había un hueco que llenar en el sector de la telefonía móvil y aproveché la oportunidad.

–Haces que parezca fácil –dijo Eleanor, impresionada por la historia–, pero seguro que no lo fue tanto. Debes de haber hecho algún sacrificio personal –vaciló un instante antes de continuar–: Yo a veces pienso que cuando era más joven sacrifiqué muchas cosas; la música me robaba mucho tiempo y apenas me relacionaba con niños de mi edad y ahora mi carrera es tan absorbente que no tengo tiempo para tener amigos ni... relaciones. Me pregunto si algún día echaremos la vista atrás y nos preguntaremos si los sueños que hemos perseguido han merecido la pena.

El comentario de Eleanor se acercaba demasiado a la realidad, pero ella desconocía que Vadim había sacrificado la felicidad y las vidas de su mujer y de su hija por su ambición.

¿Había merecido la pena?

Ahora tenía más dinero del que jamás se había imaginado, pero a veces, en las horas previas al amanecer cuando despertaba de la habitual pesadilla que lo llevaba persiguiendo diez años y oía los gritos de Klara pidiéndole que la salvara, sabía que renunciaría a todo encantado a cambio de volver a abrazar a su hija.

Tak-Sin había preparado una exótica ensalada de fruta como postre y Eleanor se sirvió un plato. Vadim negó con la cabeza cuando ella le ofreció el cuenco de fruta y en su lugar se terminó su copa de champán y se llenó otra. Se había quedado en silencio y Eleanor se preguntaba qué recuerdos del pasado le habrían hecho mostrarse así de melancólico.

Y el tiempo parecía estar acompañando su estado

de ánimo ya que el sol de la tarde había quedado reemplazado por unas negras nubes y el aire ahora estaba cargado de una electricidad que hizo que a Eleanor se le pusiera el vello de punta. Se estremeció cuando un trueno bramó desde el otro lado del río.

–Odio las tormentas. Cuando era pequeña, a uno de los jardineros de Stafford Hall lo alcanzó un rayo y lo mató.

–¿Y lo viste?

–Oh, no... menos mal, pero el resto de empleados de la casa dijeron que su muerte violenta implicaba que otro fantasma habitaría la mansión.

–¿Teníais muchos sirvientes? He visto fotografías de Stafford Hall y parece un lugar enorme.

Eleanor asintió.

–Tiene diecisiete habitaciones, un montón de salas de recepción y una capilla en el jardín donde se dice que un sacerdote fue asesinado hace siglos por orden del rey. Cuando mi padre heredó la casa de mi abuelo, teníamos un pequeño ejército de cocineros, mayordomos y doncellas, pero según el dinero fue escaseando, mi padre fue despidiendo al servicio hasta que sólo quedó el ama de llaves, la señora Rogers. Debía de tener unos cien años, pero ayudó a mi madre.

–¿Y te creías que la casa estaba encantada? –murmuró Vadim mientras veía a Eleanor cada vez más tensa con la tormenta que se avecinaba.

Asintió.

–Era una niña con mucha imaginación y como mi madre solía estar enferma, pasaba mucho tiempo sola. Me convencí de que las historias que había oído sobre el barón decapitado y la Dama Gris, apuñalada por su cruel marido, eran ciertas. En la habitación de la torre donde al parecer había muerto la mujer siempre hacía frío y ningún sirviente subía allí. Mi padre solía encerrarme en ella cuando me castigaba, y como el simple hecho de que entrara en la misma habitación en la que se encontraba él ya lo enfurecía, me castigaba mucho siempre que estaba en casa.

–¿Y sabía que te daba miedo? –preguntó Vadim indignado.

–Oh, sí. Me ponía histérica cuando me subía allí... y por eso él disfrutaba tanto.

A Vadim se le encogió el corazón al imaginársela como una niña pequeña y aterrorizada.

–¿Alguna vez te pegó?

Eleanor saltó de su silla cuando un trueno resonó por la habitación.

–No, a mí nunca me pegó, pero mi madre solía tener cardenales. Siempre decía que se había caído o que se había dado un golpe con una puerta, pero yo sabía que había sido él. Por suerte, no pasaba mucho tiempo en Stafford Hall. Sólo volvía de su casa de Francia cuando se quedaba sin dinero y necesitaba vender otra reliquia familiar y era todo un alivio cuando volvía a irse.

–Pero, si tu padre trataba tan mal a tu madre, ¿por qué seguía a su lado?

Era una pregunta que Eleanor se había hecho muchas veces y para la que nunca había encontrado una respuesta.

–Supongo que lo quería. Una vez me dijo que se había enamorado de él en cuanto lo vio y creo que a pesar de lo que le hizo y de las muchas veces que le rompió el corazón con sus infidelidades, ella nunca dejó de amarlo. Mi madre era una mujer muy dulce. No entiendo por qué mi padre no la quería.

–Tal vez no supo hacerlo –dijo Vadim en voz baja mirando hacia el oscuro jardín y asaltado por esa familiar sensación de culpabilidad. Irina también había sido dulce y la había amado, pero la dolorosa verdad era que no la había querido lo suficiente.

Su amante había sido la búsqueda de la riqueza y el éxito. Él no le había sido infiel a su mujer, pero ¿podía decir que había sido mejor hombre que el conde de Stafford cuando no había pasado el tiempo suficiente con Irina y Klara?

–No la amaba porque era un egoísta –dijo Eleanor con amargura–. Yo no quiero ser como mi madre y enamorarme de alguien tanto que me haga perder mi orgullo y mi autoestima. Amar a mi padre no hizo feliz a mi madre y creo que al final acabó destruyéndola. Ningún hombre vale tanto.

Al terminar de hablar, un relámpago iluminó el cielo acompañado de un trueno y el estruendo fue tal que a Eleanor se le cayó el vaso de agua que tenía en la mano. Cuando se tiró al suelo para recoger los cristales, Vadim corrió a levantarla. Se había ido la luz y las velas fueron la única iluminación hasta que una ráfaga de viento las apagó.

–Debe de haber sido un corte de corriente. Espera, voy a buscar una linterna.

Volvió en unos segundos y apartó a Eleanor de los cristales.

–Ya los recogeré luego, cuando vuelva la luz.

La tormenta estaba encima de la casa y Vadim podía sentir los temblores de Eleanor cuando se situó detrás de ella y la abrazó.

–Conmigo estás a salvo.

«Tal vez de la tormenta», pensó Eleanor sin dejar

de temblar. Pero su instinto le decía que no estaba a salvo al lado de Vadim.

Él era un hombre como su padre, un mujeriego sin corazón que utilizaba a las mujeres y las abandonaba cuando se había cansado de ellas, pero Eleanor no podía seguir negando la química sexual que había bullido entre los dos desde que se habían conocido en París.

Sin embargo se aseguró que no corría el peligro de enamorarse de él; ella jamás repetiría el error que había cometido su madre.

Pudo sentir la excitación de Vadim contra sus nalgas y en ese momento, cuando la tormenta bramó una vez más, todo su ser tembló de deseo.

Capítulo 7

NECESITABA una mujer esa noche. Mejor dicho... necesitaba a esa mujer, se corrigió Vadim cuando giró a Eleanor y miró la trémula suavidad de sus labios. No quería quedarse anclado en el pasado y sabía que el futuro era incierto; por ello vivía el presente y en ese momento lo único que le importaba era hacerle el amor a Eleanor. Deslizó la mano bajo su melena, sintió el suave roce de sus sedosos mechones y la besó.

Un relámpago iluminó el rostro de Vadim y por un momento ella tuvo miedo, pero el roce de su boca y la descarada caricia de su lengua la hicieron darse cuenta de que ése era el lugar donde quería estar. El deseo corría por sus venas haciendo que le ardiera la sangre y gimió cuando él le rodeó un pecho con la mano y le acarició el pezón que se había tensado bajo su vestido de seda.

Se derritió con ese beso que era cada vez más intenso y rodeó a Vadim por el cuello justo antes de sentir que sus pies se habían alzado del suelo.

–Ve guiándome –le dijo Vadim al subirla en brazos y darle la linterna.

–¿Adónde vamos?

–A la cama.

La noche anterior Vadim había escuchado la voz

de su conciencia, pero esa noche ya no pudo resistirse. Tal vez era debido al poder de la tormenta o a la necesidad de tener que protegerla después de lo que Eleanor le había contado sobre su padre, pero lo único que sabía era que tenía que hacerle el amor.

–Si no quieres hacerlo, dilo ahora –le dijo cuando salió del comedor y se dirigió a las escaleras.

Su cabeza le decía que le exigiera que la dejara en el suelo, que le diera las buenas noches y volviera a su parte de la casa..., pero su cuerpo ardía con un deseo que le impedía actuar. Hablar de su infancia le había recordado lo mucho que había odiado a su padre, pero ya no era una niña y le impactó descubrir cómo había dejado que lo sentía por el conde Stafford hubiera afectado a su vida como adulta. Él era la razón por la que la aterrorizaba enamorarse, la razón por la que seguía siendo virgen. Pero ya no dejaría que el odio hacia su padre dictaminara su forma de actuar en la vida. Era una mujer independiente capaz de tomar sus propias decisiones y esa noche había decidido compartir su primer encuentro sexual con Vadim.

Pero a pesar de esa valiente decisión, su corazón palpitaba cada vez con más fuerza según subían las escaleras. Cuando entraron en el dormitorio principal, que ella misma había decorado, las puertas que daban al balcón estaban abiertas y la tormenta se oía claramente, pero Eleanor no fue consciente de nada una vez que Vadim la tendió sobre la cama y se tumbó a su lado. La única luz que había en la habitación era la que salía de la linterna, pero él encontró su boca con infalible precisión y la besó.

Por encima de los bramidos de la tormenta, ella podía oír su propia respiración entrecortada mientras a su cuerpo lo invadía un deseo que no alcanzaba a comprender y que le hizo levantar las caderas instintivamente como invitándolo a tocarla y acariciarla...

Cuando él rompió el beso y levantó la cara para mirarla, ella deslizó la lengua sobre sus inflamados labios. Un beso no era suficiente, quería más y así se lo hizo saber a Vadim, pero en lugar de besarla en la boca, él deslizó los labios sobre su cuello.

–Tu piel parece de satén –le susurró con una voz cargada de deseo. Comenzó a desabrocharle los botones de la parte delantera de su vestido y Eleanor contuvo el aliento cuando dejó sus pechos al descubierto–. Preciosos –murmuró antes de acariciar con su lengua uno de sus pezones.

La sensación fue tan exquisita que no pudo contener un grito de placer; ningún hombre la había tocado así.

–¿Te gusta? Sabía que debajo de la dama de hielo encontraría una gatita salvaje –susurró Vadim incapaz de ocultar su satisfacción. Estaba demasiado excitado e impaciente por hundirse entre sus muslos. La había deseado desde el primer momento que la había visto, pero ella lo había hecho esperar. No le sorprendía que su cuerpo ardiera de deseo, un deseo que se hizo más urgente cuando le bajó el vestido por las caderas y su delgado cuerpo quedó desnudo salvo por las braguitas de encaje gris que cubrían su feminidad.

Quería tomarse su tiempo explorando cada centímetro y curva de su cuerpo, pero su insistente deseo le hizo despojarla de su ropa interior con un solo movimiento.

Eleanor sintió pánico cuando Vadim se quedó observando su cuerpo.

Era la primera vez que un hombre la veía desnuda y estaba a punto de entregarle su virginidad a ese enigmático hombre que era prácticamente un extraño. De pronto la asaltaron las dudas y se tensó cuando él deslizó una mano entre sus piernas.

El triángulo de rizado vello rubio de Eleanor era suave como la seda bajo su mano. Movido por un primitivo instinto y un poderoso deseo, deslizó un dedo sobre los pliegues de su feminidad hasta que su húmedo calor se hizo notar.

Eleanor gimió ante esas caricias y su miedo se desvaneció mientras se perdía en ese nuevo mundo de placer sensorial. El suave roce de los dedos de Vadim contra su hipersensible zona la hizo gritar y lo animó a él a hundir un dedo en su interior.

–Por favor... –no sabía qué estaba suplicando, sólo sabía que las caricias de esos dedos estaban creando un tumulto dentro de su cuerpo que le haría perder el control.

De pronto, Vadim dejó las caricias y le susurró unas palabras en ruso.

–Yo tampoco puedo esperar –añadió. Eleanor había invadido sus sueños durante demasiadas noches y ver su pálida belleza y su cabello rozando sus pequeños y firmes pechos hizo que ansiara el momento de poder tomarla por completo.

Se desnudó rápidamente sin dejar de mirarla en ningún momento.

El único cuerpo masculino que Eleanor había visto desnudo había sido el de una escultura de mármol en una galería de arte, pero el cuerpo de Vadim era más bello que el de cualquier escultura, pensó mientras lo contemplaba, y cuando fue bajando y se topó con su poderosa erección, se quedó impactada. ¿Pero qué estaba haciendo? Sabía la fama de mujeriego que tenía ese hombre; debía de haberse vuelto loca para permitir que las cosas llegaran tan lejos.

«¿Vas a vivir como una monja el resto de tu vida?». Las palabras de Jenny no dejaban de resonar en su cabeza. No. No quería ser virgen para siempre y tampoco se reservaría para cuando se enamorara. El amor era una ilusión y a sus veinticuatro años de edad ya era hora de que fuera deshaciéndose un poco de su inocencia.

Vadim se arrodilló sobre la cama y la besó hundiendo la lengua en su boca como un preámbulo del modo en que pronto hundiría su miembro en el húmedo calor de su feminidad. La próxima vez la saborearía y la acariciaría con la lengua hasta llevarla al éxtasis. Dejó de besarla por un instante para sacar un preservativo del cajón de la mesilla y al momento se tendió sobre ella y comenzó a separarle las piernas. Se adentró en su cuerpo con un poderoso movimiento, pero se detuvo en seco al sentir cómo se rasgaba una frágil membrana y al oírla gritar de dolor.

–¿Es tu primera vez? –le preguntó con brusquedad–. ¿A qué demonios estás jugando?

–No estoy jugando a nada. Vadim, no pasa nada...

–Claro que pasa. Si hubiera sabido que eras virgen jamás te habría llevado a la cama.

Cerró los ojos y en su mente vio a Irina. Había sido su primer hombre y hacerle el amor en su noche de bodas había sido una experiencia especial para ambos. Con Eleanor era simplemente sexo, pero era consciente de que su primera vez debía haber sido especial, junto a alguien a quien le importara, y se sentía culpable por haberle arrebatado su virginidad. Se recordó que había sido ella la que lo había decidido, pero esperaba que no creyera que había sentimientos de por medio porque para él ella no significaba nada.

La abrasadora pasión que había recorrido a Eleanor se congeló y la dejó temblando. Se sentía como una estúpida y avergonzada por no haberlo advertido de su falta de experiencia.

Vadim se apartó y se sentó en la cama.

Desde el momento en que se habían conocido la química entre ellos había sido explosiva y en ningún momento había sospechado que ella fuera totalmente inexperta en el ámbito sexual. La miró, vio su esbelto cuerpo, su delicada piel y sus pequeños y firmes pechos que lo tentaban a besarlos y el deseo volvió a apoderarse de él, aunque se forzó por ignorarlo.

–¿Por qué lo has hecho?

–Yo... yo no pensaba que importara. El hecho de que sea mi primera vez no significa nada –miró a otro lado al darse cuenta de que estaba mintiendo y de que había querido que él fuera su primer hombre. Apenas lo conocía y era ridículo sentir que era su alma gemela.

–¿En serio? –él se rió–. ¿Estás segura de que no pensabas que yo me sentiría honrado de algún modo por el hecho de que me entregaras tu virginidad? Porque si lo pensabas, temo que debo decepcionarte. Yo sólo me acuesto con mujeres experimentadas, seguras de sí mismas y no tengo ni el tiempo ni la paciencia para enseñar a una chica ingenua, sobre todo cuando existe el peligro añadido de que te enamores de mí.

–¡Dios mío! ¡Eres un cretino arrogante! –temblando de humillación, Eleanor se incorporó y se cubrió con la sábana–. Yo jamás me enamoraría de ti... –se quedó en silencio cuando de pronto volvió la luz y al ver la expresión de furia de Vadim, sintió ganas de llorar de vergüenza.

Fuera se oían las grandes gotas de lluvia caer y el viento sacudía las cortinas. Vadim se levantó para cerrar las puertas mientras Eleanor contemplaba la belleza de su cuerpo desnudo y se excitaba al recordar cómo le había apartado las piernas con un musculoso muslo cuando había estado tendido sobre ella hacía escasos minutos.

¿Qué iba a hacer... suplicarle que se acostara con ella?, se preguntó. Darse cuenta de que seguía deseándolo después de sus humillantes comentarios la llenó de pánico. Le dolía que la hubiera rechazado, pero preferiría morir antes que dejar que él lo viera. Tenía que irse de allí. Rápidamente agarró su vestido y se lo puso y sin detenerse a recoger sus zapatos y aprovechando que él estaba de espaldas corriendo las cortinas, bajó las escaleras y no se detuvo cuando lo oyó gritar su nombre.

La puerta que conducía a su parte de la casa estaba cerrada con llave, ella misma había echado el cerrojo al enterarse de que Vadim era el nuevo inquilino.

Oyó sus pisadas y atravesó el comedor para salir al jardín. La lluvia caía con tanta fuerza que le hacía daño en la piel, pero en lugar de correr hasta las puertas de cristal que llevaban a su piso, se giró y corrió por el jardín, desesperada por poner entre los dos la mayor distancia posible.

El embarcadero estaba oscuro. Eleanor contemplaba el río mientras la lluvia la azotaba y se mezclaba con las lágrimas que se deslizaban por su cara. Lo primero que haría al día siguiente sería llamar a Jenny y preguntarle si podía quedarse con ella hasta que encontrara un sitio donde vivir..., porque preferiría morir antes que volver a ver a Vadim.

–¿Qué haces aquí?

Su furiosa voz sonó detrás de ella y, cuando se giró hacia él, perdió el equilibrio y casi cayó al río.

Vadim la agarró.

–Ten cuidado, la corriente podría haberte arrastrado si hubieras caído.

La furia reemplazó el miedo que había sentido al verla tan cerca del agua. Durante un segundo había pensado que se caería y sabía que no habría tenido oportunidad de sacarla antes de que se la hubiera llevado la corriente. No podría soportar cargar con otra muerte en su conciencia.

Cuando se había dado cuenta de que Eleanor había salido corriendo de la habitación, no había tenido intención de seguirla. No había sido sincera con él y eso lo había puesto furioso. No quería tener la responsabilidad de ser su primer amante, pero lo había atormentado la expresión que había visto en ella cuando la había rechazado; el dolor que había visto en sus ojos había sido parecido al que había visto en Irina durante una de sus muchas discusiones por el hecho de que pasara más tiempo en el trabajo que con ella.

Eleanor debería haberle dicho que era virgen, pero saber que había sido cruel de un modo innecesario le había hecho ponerse los pantalones y salir tras ella. Ahora, mientras la veía empapada por la lluvia y sentía los violentos escalofríos que la recorrían, una indescriptible sensación invadió su pecho.

–He sido una tonta por haber tenido algo contigo

–le gritó ella furiosa soltándose de sus brazos. El recuerdo de cómo la había rechazado ardía en su interior y se sentía tan humillada que comenzó a darle golpes en el pecho hasta que él la agarró de las muñecas.

–Tranquila, gatita salvaje –le dijo apartándola del río y conteniendo con dificultad las ganas de besarla.

Eleanor sacudió la cabeza y emitió un grito de frustración al verse incapaz de soltarse de él. La lluvia había calado su vestido y la seda gris se ceñía a su cuerpo como una segunda piel; mientras lo miraba furiosa, Vadim pudo sentir sus pezones endurecidos contra su torso y eso lo volvió loco.

–Suéltame –le gritó Eleanor. Había pasado la gran parte de su vida callada para no enfadar a su padre y gritar fue para ella como una revelación que restableció su orgullo. Ya no era una niña asustada, pensó mientras miraba a Vadim. Era una mujer adulta que se sentía dolida, humillada y furiosa–. Para tu información, no existe la más mínima posibilidad de que pueda enamorarme de ti. No te he elegido como mi primer amante porque hubiera sentimientos de por medio. Sé qué clase de hombre eres. Eres un mujeriego y yo jamás cometería el error que cometió tu última novia, Kelly Adams, de intentar llegar a tu corazón porque sé que no lo tienes.

–¿Ah, sí? –la acercó más a sí mientra la lluvia caía sobre sus cuerpos.

Una vez había tenido un corazón, recordó con amargura y furioso ante la acusación de Eleanor. Ella desconocía que su corazón estaba destrozado y que el dolor de perder a su mujer y a su hija había sido insoportable y se había jurado no exponerse nunca más a esa agonía.

–El único motivo por el que he decidido acostarme contigo es porque tenías razón al decir que la química sexual entre los dos fue evidente desde que nos vimos y lo único que quería de ti esta noche era tu pericia sexual.

Supo que había triunfado cuando Vadim le soltó las muñecas, pero segundos después se le escapó un pequeño grito de sorpresa cuando él la levantó del suelo y la apretó tanto contra su cuerpo que pudo sentir su fuerte excitación contra su pelvis.

–Bueno, si eso es todo lo que quieres, ¿quién soy yo para negártelo, carita de ángel?

–Bájame. Lo digo en serio, Vadim.

Pero él la ignoró y fue caminando hacia la casita del embarcadero.

–Estoy cansada de juegos –una vez más intentó liberarse, pero él era demasiado fuerte. La llevó en brazos con extrema facilidad, como si fuera una muñeca de trapo, y mientras lo hacía la calidez de su cuerpo se coló en el de ella y sus corazones latieron al mismo tiempo. El deseo fluía como lava líquida por las venas de Eleanor mientra se aferraba a sus hombros y rodeaba sus muslos con sus piernas de modo que a cada paso que daban la firmeza de su erección la rozaba insistentemente entre las piernas.

–Tienes razón; se acabaron los juegos –dijo él al empujar la puerta con un hombro. Inmediatamente agachó la cabeza para besarla de un modo devastadoramente sensual.

Fue un beso tan erótico que era imposible resistirse, pero el orgullo de Eleanor se negaba a rendirse tan fácilmente.

–Creí que habías dicho que no te acostabas con vírgenes –le recordó cuando él se apartó.

–Estoy dispuesto a hacer una excepción por ti –su pícara sonrisa dejó ver unos dientes blancos que a ella le recordaron a los de un lobo que está a punto de devorar a su presa. La casita estaba oscura, pero los ojos de Vadim brillaban con determinación mientras quitaba cojines de las sillas de jardín y los tiraba al suelo. Después, la tendió sobre ellos.

«Debería apartarlo», pensó Eleanor, pero sus manos se posaron de propia voluntad sobre su torso y acariciaron el suave vello que cubría su satinada piel.

La combinación de unos diminutos botones y la seda empapada pusieron a prueba la paciencia de Vadim, que terminó por arrancarlos hasta dejar expuestos ante su hambrienta mirada los pechos desnudos de Eleanor. Ella temblaba de frío y de excitación y las primeras caricias de la lengua de Vadim sobre uno de sus pezones la hicieron gritar y arquear la espalda.

El fuego que ardía en su interior le hizo olvidar la furia y la humillación que la habían asaltado antes y su corazón palpitó con fuerza cuando Vadim le subió la falda del vestido hasta la cintura. No hizo intento de detenerlo cuando le separó las piernas y deslizó un dedo en su resbaladiza humedad. Su elevado estado de excitación provocado por las primeras caricias no se había desvanecido y al instante ya estuvo preparada para recibirlo. Pero, aunque él estaba más excitado que en toda su vida, Vadim se había propuesto ir despacio; ella buscaba su pericia sexual y no iba a decepcionarla.

Eleanor emitió un gemido de protesta cuando Vadim apartó la boca de sus labios, pero después volvió a gemir de placer cuando él fue bajando hasta sus muslos.

–No... –impactada por el primer roce de su lengua contra sus inflamados labios vaginales, intentó instintivamente juntar las piernas, pero él la sujetó con fuerza y siguió con esa íntima caricia que la llevó al borde del éxtasis.

Para cuando él levantó la cabeza, estaba loca de deseo y cuando le puso la mano en la cintura, Eleanor se incorporó y lo ayudó a bajarse sus pantalones empapados. La palpitante longitud de su erección llenó sus manos y lo acarició tímidamente... hasta que él gimió y volvió a tumbarla.

–Tiene que ser ahora, ángel –le susurró mientras se adentraba en ella con un suave y lento movimiento.

En esa ocasión no sintió dolor, sino una increíble sensación de plenitud mientras Vadim se deslizaba más en su interior para a continuación retirarse por completo. Por un segundo temió que fuera a dejarla otra vez, pero entonces él se rió al comprender su temor y volvió a hundirse en ella, más y más adentro.

–¡Vadim! –gritó su nombre y se aferró a él, casi temerosa de la abrumadora explosión de placer que la recorrió mientras experimentaba su primer orgasmo. Fue increíble y absolutamente indescriptible. Nada la había preparado para los exquisitos espasmos que irradiaban desde su interior y envolvían todo su cuerpo en una completa sensación de éxtasis. Y mientras se arqueaba bajo él y repetía su nombre, oyó un suave gemido y sintió que Vadim se tensaba, sin dejar de mirarla fijamente a los ojos, antes de hundirse una última vez en ella y echar la cabeza hacia atrás a la vez que su cuerpo se sacudía con la fuerza de su clímax.

El sonido de la lluvia se coló en la cabeza de Vadim y lo sacó de su profundo estado de relajación. Su cuerpo seguía unido al de Eleanor y eso lo hacía sentirse más que bien, admitió muy a su pesar. Era increíble. Incluso sentía que estaba excitándose otra vez, pero no debería haberle hecho el amor sin protección, había sido un completo irresponsable.

Intentando ignorar su sentimiento de culpabilidad, se apartó de ella. La lluvia estaba cesando y bajo la plateada luz que entraba por la ventana Eleanor parecía etérea. No había planeado hacerle el amor después de descubrir que era virgen y lo único que había pretendido al salir corriendo tras ella había sido asegurarse de que se encontraba bien. Pero en cuanto la había rodeado con sus brazos para apartarla del río y había sentido su cuerpo temblando contra el suyo, se había visto perdido. Ninguna mujer lo había conmovido ni excitado tanto como ella y, guiado por la pasión, había seguido el dictamen de su cuerpo en lugar de pensar. Pero ahora la culpa se apoderaba de él.

–¿Te he hecho daño?

–No –le respondió con sinceridad. No había sentido dolor en esa ocasión, sólo una maravillosa sensación mientras sus cuerpos habían estado unidos–. Pero me has roto el vestido –añadió mientras intentaba cubrirse el pecho con timidez y vio que no tenía botones.

–Te compraré uno nuevo –se puso de pie y la levantó en brazos.

–Puedo andar –protestó Eleanor mientras avanzaban hacia la mansión y a él no parecía importarle ir completamente desnudo.

Su corazón dio un tumbo cuando en lugar de llevarla a su parte de la casa, subió las escaleras y la llevó al cuarto de baño del dormitorio principal.

–Debería volver a mi habitación –murmuró cuando la dejó en el suelo y le quitó el vestido.

De pronto sintió una ridícula necesidad de llorar al pensar en el libertino comportamiento que había tenido, pero lo cierto era que cuando Vadim la había llevado a lo más alto del placer, ella había sentido que sus corazones se habían unido para convertirse en uno. Aunque, claro, eso no era más que una ilusión; nunca sería tan tonta de enamorarse de un hombre que veía a las mujeres como un mero entretenimiento.

–Estoy agotada.

–Lo sé –le respondió él con una inesperada delicadeza que hizo que a Eleanor se le encogiera el corazón.

Debería haberla llevado a su habitación, pensó Vadim, pero por alguna razón que se negaba a averiguar había sentido la necesidad de estar con ella.

Eleanor temblaba de frío y la metió en la ducha.

–Esto te hará entrar en calor y después podrás dormir –le prometió con una sonrisa antes de comenzar a enjabonarla.

Cuando Vadim había terminado de ducharla y la había metido en la cama, Eleanor sentía cosquilleos por todo su cuerpo.

Habían disfrutado de una sesión de sexo maravillosa, pero eso no significaba nada para ninguno de los dos, se recordó con firmeza. Pero cuando él la rodeó con sus brazos y dejó que apoyara la cabeza sobre su pecho, una sensación de absoluta satisfacción la invadió y se quedó dormida, sin saber que él se quedó despierto contemplándola un largo rato.

Capítulo 8

A ELEANOR la despertó la suave brisa que agitaba las cortinas de gasa. Las puertas estaban abiertas dejando ver un cielo azul, pero ella tenía los ojos clavados en Vadim, de pie en el balcón. Llevaba un impresionante traje sastre y estaba increíblemente guapo, pero su severo perfil lo hacía parecer tan distante e intimidante que le costaba creer que fuera el mismo hombre que la había despertado justo antes del amanecer y le había hecho el amor apasionadamente.

–¿Qué hora es? –le preguntó cuando Vadim entró en el dormitorio.

–Las ocho pasadas.

–¡Tengo que estar en el ensayo a las nueve! Gustav se pone como una furia si alguno llega tarde –salió de la cama de un brinco.

–¿Dónde es el ensayo?

–En Cadogan Hall –murmuró ella mientras se cubría con la sábana.

Vadim fue al armario y sacó un albornoz.

–Toma. Seguro que te queda enorme, pero me temo que no tengo una talla tan diminuta.

–Gracias –Eleanor lo aceptó y no pudo evitar fijarse en que tenía albornoces de distintos tamaños... seguro que para las ocasiones en las que invitaba a mujeres a pasar la noche con él.

–Mi oficina no está lejos de Cadogan Hall, así que puedo llevarte. ¿A qué hora terminas?

–Cuando la orquesta termine yo tengo que quedarme a ensayar mi actuación en solitario y no creo que acabe hasta por lo menos las seis.

–Bien. Yo suelo trabajar hasta esa hora. Nos vemos a las seis y media para cenar. ¿Querrás ir a alguna parte después? Si quieres ver algún espectáculo, le diré a mi secretaria que compre las entradas.

Eleanor volvió a mirar el despliegue de albornoces que guardaba para sus amantes.

–No lo creo. Es más, será mejor que olvidemos lo de anoche. No quiero tener... nada contigo –titubeó bajo su penetrante mirada–. Ninguno de los dos quiere atarse a una relación –le recordó.

–Estoy de acuerdo, pero el hecho de que no queramos tener una relación nos convierte en candidatos ideales para tener una aventura. Y además, una noche no ha sido suficiente para ninguno de los dos, ¿verdad, Eleanor?

La tumbó en la cama y la besó con intensidad y pasión dejándole claro que una noche con ella no había saciado su deseo. Y ella tenía que admitir que sentía lo mismo.

Pero acceder a tener una aventura con él sería peligroso si permitía que sus emociones se vieran implicadas, aunque se aseguró que eso jamás sucedería. Sabía qué clase de hombre era y eso la hacía sentirse protegida, así que ¿por qué no disfrutar de la pericia sexual de Vadim?

Cuando él bajó la sábana y besó uno de sus pezones, ella no pudo contener un suave gemido y arqueó la espalda mientras deslizaba las manos entre su sedoso cabello negro.

Él, por un momento pensó que podría pasarse toda la mañana haciéndole el amor y anteponer el deseo a su trabajo por primera vez. Pero nunca antes una mujer le había hecho cambiar su forma de vida y la empresa que había creado de la nada era lo más importante en su vida, mientras que las mujeres eran una mera diversión... incluida Eleanor, se recordó.

Aun así, tuvo que hacer uso de toda su fuerza de voluntad para interrumpir el beso y apartarse de ella.

–Olvida lo de ir al teatro; después de la cena nos iremos a la cama pronto –le dijo con una pícara sonrisa que la hizo ruborizarse–. Pero ahora mismo tienes veinte minutos para prepararte o perderás el coche –le dijo ignorando sus protestas. Estaba claro que ella también se había quedado decepcionada al ver que ese preámbulo no había terminado en una increíble sesión de sexo.

–¿Te crees irresistible, verdad?

–Sé que soy el único hombre que te excita, carita de ángel. Y tú también lo sabes.

Por primera vez en su vida, Eleanor fue incapaz de concentrarse en su música... para ira de Gustav, el director de la orquesta, que siempre buscaba la perfección.

–¿Estás bien? Se te ve pálida –le pregunto Jenny durante un descanso.

–No he dormido mucho.

–La tormenta ha sido horrible, ¿verdad? ¿Por qué no le dices a Gustav que te encuentras mal y que tienes que irte a casa?

–No, no puedo hacer eso; nunca he faltado a un ensayo de la orquesta y además, tengo que practicar mi actuación en solitario; sólo faltan dos semanas y ya estoy nerviosa.

A base de mucha fuerza de voluntad, logró aguantar el resto del ensayo, pero la consternó el hecho de que Vadim pudiera afectar esa parte de su vida que consideraba sagrada. La música lo era todo para ella y no podía contemplar la idea de tener una aventura con él si eso era perjudicial para su carrera. Pero cuando salió de Cadogan Hall y lo vio apoyado contra su Aston Martin plateado, algo dentro de ella se burló de ese pensamiento.

–Hola.

–¿Cómo han ido los ensayos? –le preguntó Vadim después de acercarse a ella con elegancia y besarla en la boca.

–Mal.

–Mi día tampoco ha ido demasiado bien –admitió él mientras recordaba cómo las imágenes de la noche que había pasado al lado de Eleanor lo habían asaltado y desestabilizado durante el día–. Tal vez a los dos nos han distraído las mismas fantasías.

–No sé a qué te refieres –dijo ella con brusquedad.

Vadim se rió y la acercó tanto a su cuerpo que Eleanor pudo sentir su excitación entre sus piernas.

–Yo te contaré las mías y después me dirás si las tuyas son las mismas –le dijo antes de proceder a susurrarle al oído los eróticos sueños que había tenido despierto, incluso durante una importante reunión–. ¿Tú has estado pensando en lo mismo que yo?

Eleanor, ruborizada, no pudo responder.

–Cenaremos en un pequeño restaurante italiano que conozco. La comida es excelente y, lo más importante, el servicio es rápido –añadió con una sonrisa y ese sensual brillo de sus ojos.

La comida en la Trattoria Luciano fue tan buena como Vadim había prometido, pero Eleanor apenas probó el pollo *cacciatore* y a pesar de haber comido sólo dos manzanas en todo el día, no tenía apetito. Durante la cena no pudo dejar de mirar a Vadim y, aunque él sí que le hizo justicia a su *lasagne al forno*, no llegó a terminársela y se bebió de un trago una copa de vino antes de agarrar a Eleanor de la mano y prácticamente sacarla a rastras del restaurante.

No dijo ni una palabra en el camino de vuelta a Kingfisher y Eleanor comenzó a pensar que tal vez lo había enfadado. Pero en cuanto salieron del Aston Martin, la tomó con sus brazos y la llevó al interior de la casa.

–Has estado metida en mi mente todo el día –le dijo mientras subía las escaleras de dos en dos y antes de empujar la puerta con el hombro y tenderla en la cama.

Se tumbó encima, la besó y al instante Eleanor ya estaba tan excitada como él.

Vadim los desnudó a los dos y sólo se detuvo para ponerse protección antes de separarle las piernas y encontrar con sus dedos el húmedo calor de su feminidad.

–¿Has pensado en mí hoy, Eleanor? –le preguntó entre gemidos antes de tomar en su boca uno de sus pezones hasta hacerla gemir de placer–. ¿Has pensado en esto? –añadió al deslizar dos dedos dentro de ella y llevarla al borde del éxtasis.

–Sí –respondió con la voz entrecortada. Durante los ensayos había intentado concentrarse en tocar el violín mientras su mente se había empeñado en rememorar cada momento de la noche anterior–. Por favor... –contuvo el aliento cuando él se adentró en su cuerpo y, cuando la besó, ella respondió a ese beso con una pasión descontrolada que lo volvió loco.

El deseo que sentía por Eleanor era demasiado intenso y Vadim se movió en su interior con cada vez más intensidad hasta hacerla arquearse y gritar de placer. Un aplastante orgasmo se apoderó de ella y al instante a él lo invadió el éxtasis en forma de un poderoso cosquilleo.

Después, cuando los dos habían recuperado el aliento y estaban tumbados el uno al lado del otro, Eleanor mantuvo los ojos cerrados, avergonzada por el modo en que había reaccionado.

–Es demasiado tarde para sentirse avergonzada, carita de ángel –le dijo él entre risas–. Desde el momento en que te vi supe que serías una gata salvaje en la cama –añadió con tono de satisfacción antes de salir de la cama en dirección al baño. Y era verdad. Aquella noche en París había intuido que estaban predestinados a ser amantes, pero la idea de verla como su mujer, y sólo suya, resultaba peligrosa.

No quería tener una relación con ella, se recordó. Tenía claro que pronto el deseo se disiparía y que después se alejaría... como había hecho con sus anteriores amantes.

En su corazón no había sitio para Eleanor, sólo lo había en su cama, y el hecho de que sus ojos grises y su tímida sonrisa lo removieran por dentro era razón de más para recordar la promesa que había hecho cuando Irina murió y juró que no permitiría que una mujer volviera a tener acceso a sus emociones.

Cuando Vadim salió del baño, Eleanor pensó que

se metería con ella en la cama, pero para su decepción, él sacó unos vaqueros y una camiseta del armario y se vistió.

–Tengo que trabajar un par de horas. ¿Por qué no duermes un poco?

Su sensual sonrisa hizo que a Eleanor le diera un brinco el corazón, pero sintió que se había distanciado de ella. ¿Qué había pasado mientras había estado en el baño? ¿Por qué de pronto parecía un siniestro extraño? Deseó saber qué estaba pasando detrás de esa brillante mirada azul, pero el rostro de Vadim era una hermosa máscara que no daba ninguna pista sobre sus pensamientos.

Vadim le había dejado claro que la quería únicamente como amante y el orgullo le decía que volviera a su piso en lugar de quedarse ahí esperando a que él quisiera acostarse con ella de nuevo, pero estaba exhausta y al instante cayó en un sueño tan profundo que no se dio cuenta de que menos de una hora después Vadim había vuelto al dormitorio y se había quedado junto a la cama viéndola dormir.

Eleanor despertó a primera hora del sábado con las caricias de Vadim. Todas las intenciones que había tenido a lo largo de la semana de resistirse a él habían sido en vano y, como había ocurrido en otras ocasiones, arqueó las caderas con un suspiro y se entregó al exquisito placer de hacer el amor con él.

Pasaron la mayor parte del fin de semana en la cama y junto al río, donde él le hizo el amor bajo el sauce llorón de frágiles ramas y delicadas hojas verdes.

Cuando despertó el lunes, sentía dolor en partes de

su cuerpo que desconocía que existieran. Ese mismo día volaría a París para preparar su concierto en solitario y se aseguró que ese hormigueo que sentía en el estómago era consecuencia de los nervios por la actuación... y no por el hecho de tener que estar separada de Vadim una semana.

Su programa incluía varias piezas excepcionalmente complicadas, sobre todo composiciones de Paganini, y aunque había ensayado con el famoso violinista húngaro Joseph Schranz, aún no se sentía lo suficientemente segura con la actuación. Le resultaba imposible dormir cuando su mente no dejaba de repasar las piezas y aunque aún no eran las cinco de la mañana, estaba desesperada por ensayar.

Se levantó de la cama, agarró su violín que, para risas de Vadim siempre tenía al lado de la cama, y salió al balcón con cuidado de no hacer ruido al cerrar la puerta para no despertarlo. El aire de la mañana era frío y fresco y sentir la suave madera de su violín bajo sus dedos la llenó de una abrumadora dicha. La música lo era todo y se metió tanto en ella que cuando las puertas del balcón se abrieron, miró a Vadim confundida.

–¿Tienes alguna idea de qué hora es? –le preguntó él con dulzura mientras abrazaba su esbelta figura cubierta por la bata de seda gris que le había regalado porque le recordaba al color de sus ojos. Su cabello rubio claro le caía sobre los hombros y él no pudo evitar deslizar los dedos entre esos sedosos mechones.

–Um... muy pronto. Siento haberte despertado, pero el taxi me recoge a las ocho para llevarme al aeropuerto y quería repasar las composiciones de Paganini una vez más.

–¿Siempre te pones tan nerviosa antes de una actuación?

–Me temo que sí –admitió algo avergonzada. Odiaba ese miedo escénico que se apoderaba de ella y había probado varios remedios, incluso la hipnosis, para intentar controlarlo, pero nada la ayudaba.

–Pues no hay razón para que te pongas así –le respondió Vadim, sorprendido por la repentina necesidad de protegerla y reconfortarla–. Tienes un don y tocas magníficamente. Y si te vas a las ocho, ahora necesitas volver a la cama.

–Debería vestirme –dijo Eleanor con la voz entrecortada cuando Vadim coló una mano bajo su bata y le acarició un pezón.

La besó, la tendió en la cama, le desabrochó la bata y le separó las piernas para comenzar con su erótica exploración.

–Por favor... –lo agarró de los hombros y suspiró de placer cuando se deslizó dentro de ella. Al instante, el nerviosismo por el concierto, sus preocupaciones, todo, se desvaneció al entregarse por completo a él.

Vadim era un amante experto que sabía exactamente cómo llevarla al borde del éxtasis y mantenerla ahí hasta que ella le suplicaba que aliviara su deseo. Pero esa mañana Eleanor sintió algo distinto en él mientras la tomaba con una pasión casi primitiva. Podía sentir los deliciosos espasmos que comenzaban a tomar forma en su interior y le rodeó la cintura con las piernas para incitarlo a seguir, a hundirse más en ella...

–Vadim... –esos espasmos se hicieron cada vez más intensos y la envolvieron en una bruma de placer. Hundió las uñas en los hombros de Vadim y se sintió como una triunfadora cuando él dejó escapar un fuerte gemido y alcanzó un clímax que lo dejó temblando unos instantes.

Cuando se dejó caer sobre su cuerpo y ella sintió los latidos de su corazón pensó que era ridículo creer que sus almas se habían unido al igual que lo habían hecho sus cuerpos. Había sido sexo, sólo eso. Pero cuando él se apartó para tumbarse a su lado, deseó que la abrazara y el dolor que sintió su corazón cuando Vadim salió de la cama y entró en el baño le sirvió como advertencia para no seguir volcando sus sentimientos en la relación.

¿Qué demonios había pasado?, pensó Vadim al meterse en la ducha.

El sexo había estado muy bien, como siempre que estaba con Eleanor... tal vez era el mejor sexo que había tenido en su vida, pero él nunca había perdido el control de ese modo. Saber que estarían separados una semana había intensificado su deseo tanto que lo había embargado y había tenido como resultado ese espectacular orgasmo. No, no la echaría de menos, se aseguró. Lo único que quería de ella era sexo. Tal vez la semana que estuvieran separados haría que el deseo que sentía por ella disminuyera y podría ponerle fin a esa aventura para pasar a la siguiente rubia.

El Palais Garnier era el auditorio más prestigioso de París y con su capacidad para dos mil espectadores era el escenario más grande sobre el que Eleanor había actuado como solista.

–Has hecho lleno absoluto –le dijo Marcus, su representante–. No quedan entradas. Sabía que teníamos que haber contratado dos noches en lugar de una –se detuvo y la miró–. Dios mío, estás pálida. Llamaré a la maquilladora para ver si puede lograr que no parezcas un fantasma. ¿Cómo te encuentras?

–Mal. Creo que no podré hacerlo, Marcus.

–Tonterías. Siempre tienes miedo escénico, pero en cuanto empieces a tocar, estarás bien. Ah, por cierto, son para ti –añadió dándole un ramo de flores.

Odió que su corazón le diera un vuelco al verlas y su decepción al abrir el sobre y ver que las enviaban Stephanie y su familia para desearle suerte.

–Son preciosas –murmuró al colocarlas junto a los otros ramos enviados por sus tíos y por Jenny y su familia.

Era una estupidez que se hubiera esperado flores de parte de Vadim, se dijo. Se las había enviado en una ocasión, pero fue sólo para seducirla y acostarse con ella. Ahora eran amantes... o mejor dicho, compañeros sexuales, y era muy consciente de que no significaba nada para él. Seguro que se había olvidado del concierto e incluso podía haber invitado a otra mujer a cenar mientras ella estaba fuera. Imaginarse a otra mujer con él en Kingfisher despertó tantos celos en su interior que sintió una puñalada en el estómago y las manos comenzaron a temblarle.

No podía actuar así, ni siquiera podría sostener el violín y mucho menos deslizar el arco sobre las cuerdas. Tenía la carrera con la que su madre había soñado, eso debería hacerla sentirse orgullosa y era ridículo que le doliera que Vadim no se hubiera puesto en contacto con ella. Además, debería darle vergüenza llorar; desde el principio había sabido qué clase de hombre era.

Marcus se había ido a buscar a la maquilladora,

aunque añadirle un poco de rubor a sus mejillas no serviría de nada, pensó Eleanor desesperada.

Con su vestido de seda color marfil y el pelo recogido en un moño parecía un fantasma en lugar de una mujer segura de sí misma que estaba a punto de actuar delante de dos mil personas. Conteniendo un grito, abrió la puerta del camerino y se topó con un musculoso torso.

–¿No está el escenario en la otra dirección? –le preguntó Vadim–. ¿Adónde vas tan deprisa?

Ver el rastro de las lágrimas en su pálida cara evocó un curioso sentimiento en su pecho, tanto que sin pensarlo la tomó en sus brazos y la abrazó.

–¿Qué haces aquí? –le susurró ella aferrándose a sus brazos como si fuera una ilusión y pudiera desaparecer de un momento a otro.

–¿Crees que me perdería el concierto de una de las más increíbles virtuosas del violín del mundo? Además, quería darte esto en persona.

Le dio un ramo de flores.

–¿No pensarías que me había olvidado de tu gran noche, verdad?

Eleanor cerró los ojos, pero no puedo evitar llorar.

–No puedo hacerlo. Sé que voy a derrumbarme delante de toda esa gente.

Lo miró esperándose ver una mirada de burla, pero en lugar de eso vio una mirada de compasión.

–Esto es lo que mi madre quería de mí. Dedicó su vida a enseñarme para que pudiera tener la carrera que ella nunca tuvo. Pero mi padre tenía razón, decía que yo era demasiado tímida y patética para dedicarme a la música.

–¿Cuándo te dijo eso? –le preguntó él furioso.

–Oh, lo decía siempre que intentaba convencerme de que vendiera el violín. Es un Stradivarius y cuesta una fortuna y mi padre necesitaba dinero. Pero mi madre me lo había dejado al morir, así que no pudo arrebatármelo. Nunca me quiso y no sé por qué. Cuando era pequeña intentaba complacerlo, necesitaba su aprobación desesperadamente, pero nunca la obtuve.

Con todo lo que había sufrido no era de extrañar que le tuviera miedo a las relaciones, pensó Vadim. Ya le habían hecho daño una vez y comprendía que tuviera esa actitud y que siempre estuviera a la defensiva. Él había hecho lo mismo. El dolor de perder a su esposa y a su hija le habían hecho construirse un muro alrededor de su corazón que no tenía intención de derribar. Pero al mirar a Eleanor y ver otra lágrima deslizándose por su mejilla, una emoción que llevaba tiempo enterrada en su interior recobró vida y sintió la necesidad de reconfortarla.

–Tu padre se equivocaba. Tienes un don, y fuerza interior para superar tus nervios. No tengo la más mínima duda de que puedes subirte a ese escenario y dejarlos con la boca abierta.

–¿De verdad lo crees? –murmuró ella mientras sentía cierta calidez fluyendo por sus venas en lugar de ese miedo que le había congelado la sangre. Levantó la cabeza y vio la ardiente mirada de Vadim, y cuando la besó se derritió en sus brazos y le devolvió el beso con una intensidad que hizo que él gimiera de placer.

Murmurando algo en ruso, Vadim la levantó en brazos y entró en el camerino.

Su única intención al hacerlo había sido ofrecerle su apoyo y reconfortarla, pero en el momento en que la tocó lo consumió un deseo de poseerla.

Con dedos temblorosos, le bajó la cremallera del vestido y deslizó los tirantes sobre sus hombros hasta que sus pechos se posaron sobre sus manos. Su piel parecía satén bajo sus labios mientras la colmaba de besos a lo largo del cuello. La sentó sobre la mesa y la echó hacia atrás a la vez que le acariciaba un pezón con la lengua.

Los pequeños gemidos de Eleanor se acompasaron con su respiración entrecortada y le hicieron perder el control; tanto que le subió el vestido hasta la cintura y coló una mano bajo el encaje de su ropa interior para encontrar su resbaladizo y húmedo calor.

A la primera caricia Eleanor susurró su nombre y sus miedos fueron arrastrados por ese torrente de pasión. La pasión que vio en los ojos de él la advirtieron de que había perdido el control, pero le gustó el hecho de que su habitual contención se hubiera venido abajo y que su deseo fuera tan intenso como el de ella. Con dedos temblorosos le desabrochó la pajarita y le abrió la camisa de seda blanca antes de bajarle la cremallera de los pantalones y los calzoncillos.

–Agárrate a mí –le dijo él con una voz áspera, y Eleanor se aferró a sus bronceados hombros mientras él la alzaba y hundía su inflamada erección dentro de ella con un intenso movimiento que la dejó sin aliento.

«Gracias a Dios que ha cerrado la puerta con llave» fue el último pensamiento coherente de Eleanor antes de alzar las caderas y moverlas al ritmo que lo hacía él.

Más deprisa, más intenso... era sexo en su forma más primitiva. Podía sentir a Vadim y sabía que estaba luchando por controlarse, pero cuando Eleanor arqueó su cuerpo invadida por una oleada de placer oyó el gemido que salió de la garganta de él al estallar en su interior arrastrado por un intenso clímax.

Ella volvió a la realidad lentamente y se dio cuenta de que acababan de hacer el amor en su camerino diez minutos antes de actuar ante dos mil personas, pero aún estaba demasiado embriagada por el placer como para preocuparse por el concierto.

–Tendrás que hacerme el amor antes de cada concierto –le dijo ruborizándose al ver las marcas de las uñas que le había dejado en el pecho.

Vadim la miró.

Bajo su tímido exterior se ocultaba una tigresa, pero él era el único hombre que había descubierto su sensual naturaleza.

–Te he echado de menos –admitió.

Pero entonces Marcus los interrumpió llamando a la puerta.

–Eleanor... hora de irse. ¿Estás lista?

–Casi –dijo conteniendo la risa mientras Vadim se subía los pantalones y ella le abrochaba los botones de la camisa.

Él le colocó los tirantes del vestido, la puso de pie y se estremeció al ver las arrugas que le habían salido al vestido de seda.

–Por lo menos tienes más color en las mejillas. ¿Cómo van tus nervios?

–¿Qué nervios? –la sonrisa que le lanzó le robó el aliento. Agarró su violín y fue hacia la puerta–. Deséame suerte.

–No la necesitas, carita de ángel. Los dejarás impresionados. Toca para mí.

–Lo haré.

Respiró hondo antes de abrir la puerta y sonrió a Marcus cuando pasó por su lado en dirección al escenario.

Capítulo 9

EL PÚBLICO se puso en pie. Eleanor les agradeció los aplausos una vez más y salió del escenario rodeada por las ovaciones.

–Has estado absolutamente maravillosa –le dijo Marcus–. Sabía que se te pasarían los nervios en cuanto tocaras la primera nota.

Eleanor asintió. Se sentía agotada, tanto física como emocionalmente, y deseaba estar sola en su camerino un momento, pero sabía que Marcus había concertado varias entrevistas con periodistas en la fiesta que seguiría al concierto.

Pasó la siguiente hora charlando y sonriendo hasta que le dolió la mandíbula, todo el mundo quería conocerla, pero ella quería encontrar a Vadim y mirara por donde mirara no logró verlo por ninguna parte. Tal vez había regresado a Londres después del concierto. Sabía que estaba negociando un importante acuerdo en la capital y el hecho de tener un jet privado le permitía poder desplazarse siempre que quisiera.

Aprovechó un instante para escaparse a un rincón de la sala y se frotó la frente, consciente del familiar dolor que la advirtió de una migraña.

–¿Has traído los analgésicos? –le preguntó Vadim y ella se quedó tan sorprendida al verlo que no pudo evitar que la emoción se reflejara en sus ojos.

Estaban de nuevo en París, donde se habían conocido, y recordó lo que había sentido al verlo por primera vez. Había intuido que sería peligroso y había intentado luchar contra la química sexual que se había creado entre ellos, pero lo cierto era que ese hombre la fascinaba de un modo que ningún otro hombre había logrado nunca.

Él había dicho que su aventura duraría hasta que uno de los dos quisiera ponerle fin, pero al mirarlo a los ojos pensó que en un futuro no muy lejano podría no estar cerca de él y la invadió un intenso dolor.

«No puedo estar enamorándome», se dijo con desesperación.

Ella siempre se ponía muy sentimental después de una actuación y ese dolor no se debía a que quisiera tener algo más con Vadim. Claro que no.

Vadim reconoció cada una de las emociones que se reflejaron en los ojos de Eleanor y se preguntó si sería justo seguir adelante con sus planes. No quería hacerle daño, pero le había dejado claro desde un principio que no tenía ninguna intención de tener una relación seria.

Había sido sincero al decirle que la había echado de menos durante los cinco días que habían estado separados, pero sabía por experiencia que una relación que se prolongaba en el tiempo acababa aburriéndolo. La mejor forma de sacársela de la cabeza era pasar con ella todo el tiempo posible hasta que se cansara.

–Tengo las medicinas en el camerino. ¿Crees que alguien se dará cuenta si desaparezco un rato de la fiesta?

–Ya le he dicho a Marcus que nos vamos –la rodeó por la cintura y la llevó hacia la puerta–. Imaginaba que ya te habrías cansado de la fiesta.

–¡Sí! Vuelvo a hospedarme en el Intercontinental. ¿Te has alojado en algún hotel? –le preguntó cuando llegaron al camerino.

Rápidamente, Eleanor se tomó un par de analgésicos que evitarían que el dolor se convirtiera en una migraña.

–No, vuelvo esta misma noche... y tú vienes conmigo.

A Eleanor le dio un brinco el corazón ante la idea de volver a Kingfisher con él cuando pensaba pasar una noche más en el hotel, sola.

–Imagino que no te parece mal –le susurró él al rodearla con sus brazos.

–En absoluto. Estoy deseando ir a casa. Pero tendré que pasar por el hotel para recoger mis cosas.

–Eso ya lo hará alguno de mis empleados –la besó con intensidad y cuando la soltó, ella agarró su bolso y salió al pasillo para recoger su violín del mostrador de seguridad después de convencer a Vadim de que no quería que nadie lo llevara de vuelta a Londres por ella.

–Mi violín va conmigo a todas partes.

–Ya me he fijado. He de admitir que para mí es toda una novedad compartir mi dormitorio con un instrumento musical.

Al salir del Palais Garnier los recibió una nube de fotógrafos. Eleanor sabía que su actuación había despertado cierto interés entre la prensa, pero pronto le quedó claro que estaban más interesados en su relación con el multimillonario Vadim Aleksandrov.

–A lo mejor debería entrar.

–No te preocupes por ellos –le respondió Vadim mientras se abría paso entre los flashes rodeando a Eleanor por la cintura.

Una vez dentro del coche que los esperaba, ella le dijo:

–Pensarán que estamos juntos. Ya sabes que los paparazzi exageran las cosas, así que mañana publicarán en los periódicos que estamos teniendo un tórrido romance.

–¿Y qué importa lo que digan? De todos modos, es la verdad. Por ahora, estamos juntos, carita de ángel.

¿Significaba eso que ahora quería que su relación pasara a ser algo más que una serie de encuentros sexuales?, se preguntó Eleanor furiosa consigo mismo por crearse falsas esperanzas. Soñar era cosa de niños; ¿desde cuándo había decidido que Vadim era su caballero de la brillante armadura?

Despegaron del Aeropuerto Charles de Gaulle minutos después de subir al Learjet.

Eleanor no había subido nunca a un jet privado y mientras observaba el lujo y la elegancia que la rodeaba se dio cuenta de lo distinto que era el mundo en que Vadim vivía.

–Pareces un fantasma. ¿Ha empeorado tu dolor de cabeza?

–No, es sólo que estoy cansada. ¿Adónde vamos? –le preguntó cuando él le desabrochó el cinturón y la puso de pie.

–A la cama.

La llevó hasta un lujoso compartimento donde había una enorme cama doble.

–Está claro que te gusta viajar rodeado de comodidades –le susurró cuando él la tumbó y le quitó los zapatos.

La idea de que le hiciera el amor en un avión resultaba tremendamente excitante, pero para su decepción él no se metió en la cama, sino que la arropó como si fuera una niña pequeña.

–Duérmete. Te despertaré cuando vayamos a aterrizar en Niza.

–Querrás decir Heathrow... Vamos a Londres, no a Niza.

–La verdad es que nos dirigimos a la villa que tengo en Cap d'Antibes. El de Niza es el aeropuerto más cercano.

Ella sacudió la cabeza confundida.

–¿Quieres decirme que vamos a pasar el fin de semana en Francia?

–Lo que tengo pensado es que pasemos allí varias semanas.

–Bueno, puede que ése sea tu plan, pero no es el mío –le dijo furiosa por su arrogante actitud–. No puedo desaparecer sin más.

–He hablado con Marcus y me ha dicho que tienes la agenda libre durante el próximo mes. Incluso está de acuerdo en que te tomes unas vacaciones.

–¿Ah, sí? Me alegra saber que ahora vosotros dos me organizáis la vida.

Vadim había cambiado las reglas de su aventura sin consultárselo. La idea de pasar veinticuatro horas al día con él durante varias semanas era de lo más desalentadora; podían volverse locos el uno al otro. Pero lo que más le preocupaba era la posibilidad de caer de lleno bajo su hechizo... y de que le rompiera el corazón.

Pero a juzgar por el gesto de determinación de Vadim sabía que sería inútil discutir lo del viaje; sin embargo, se aseguró que no se permitiría bajar la guardia ante él. Y con esa decisión en mente, se durmió.

La Villa Corraline era una impresionante casa de estilo provenzal con unos preciosos jardines y unas vistas espectaculares de la Costa Azul. Había oscurecido cuando llegaron y Eleanor se enamoró inmediatamente de la casa, iluminada con unas lámparas que transformaban en rosa el color colar de las paredes.

Aún estaba adormilada y por eso no protestó cuando Vadim la tomó en brazos y la llevó hasta el dormitorio principal, dominado por una enorme cama.

–Sólo tengo ropa para una semana –le dijo al ver que su maleta ya estaba allí después de que alguien la hubiera recogido de su hotel en París.

–Aquí encontrarás todo lo que necesites –le respondió al abrir un armario y mostrarle toda una variedad de vestidos y faldas en suaves colores.

Eleanor deslizó las manos sobre las prendas y vio que todas ellas llevaban etiquetas de grandes diseñadores.

–No lo entiendo. ¿De quién es todo esto? –recordó los albornoces que guardaba en Kingfisher y sintió una puñalada en el estómago.

–Es tuyo. Le he dado tu talla y tu descripción a una estilista y le he pedido que te comprara ropa.

–Pero no puedo permitir que me compres ropa –le

respondió furiosa. Ella misma tenía algunas prendas de diseño y sabía lo mucho que costaba. Además, la idea de que un hombre la mantuviera le resultaba repugnante–. Yo me pago mis cosas. A lo mejor tu estilista puede llevarse todo esto y hacer que le devuelvan el dinero.

Eleanor era la primera mujer que conocía desde que era rico que no consideraba que tener una aventura con él suponía tener acceso ilimitado a su tarjeta de crédito.

La miró y le dirigió una sonrisa que ella encontró irresistible.

–No seas ridícula. Tendrás que vestirte mientras estés aquí. Muchos de mis amigos tienen casas por la costa y asistiremos a muchas reuniones sociales. Aunque si insistes en ir por ahí desnuda durante las próximas semanas, yo no voy a quejarme.

El beso que Vadim le dio puso fin a la discusión, pero esa noche, después de que Eleanor se hubiera puesto una sexy camisola negra y él hubiera atormentado sus sentidos al tomarse mucho tiempo para quitársela, se prometió que sólo llevaría su ropa el tiempo que fuera su amante y que se la devolvería cuando su aventura llegara a su fin.

Después una noche en la que Vadim le hizo el amor tres veces llevándola hasta un embriagador éxtasis en cada una de ellas, Eleanor no se levantó hasta media mañana.

El sol le hizo abrir los ojos y se quedó sin aliento al ver la magnífica imagen del Mediterráneo azul cobalto a través de las ventanas de la habitación circular.

–Imagino que te gusta la casa –le dijo Vadim, tumbado a su lado. Estaba increíblemente sexy con la sombra de una incipiente barba, su bronceada piel resplandeciendo bajo el sol y la sábana cubriendo su miembro excitado.

–Es maravillosa.

–Y eso que aún no has visto la piscina, ni los jardines ni la playa privada –por primera vez en su vida, Vadim sentía ganas de alejarse de la estricta agenda de trabajo que él mismo se había impuesto–. Durante el día te enseñaré la casa y todo lo demás y por la tarde iremos a la playa y te subiré en la moto acuática.

Y así pasaban los días, junto a la piscina o en la playa, o visitando Antibes, Cannes o San Rafael. De vez en cuando Vadim se retiraba a su despacho para trabajar por las tardes, pero la mayor parte del tiempo lo pasaba sentado en la terraza y escuchando a Eleanor tocar el violín durante tres o cuatro horas seguidas.

–¿Con qué vas a deleitarme hoy? –le preguntó una tarde bajo la sombra de los altos pinos que rodeaban el jardín.

–Había pensado empezar con Tchaikovsky y terminar con Brahms –se colocó el violín bajo la barbilla–. Aún me resulta extraño tocar el violín en biquini.

–Podrías quitártelo, si así estás más cómoda.

–No me parece una buena idea –respondió ruborizada–. Ya sabes lo que pasa cuando me quito la ropa.

–Mmm... que me veo obligado a hacerte el amor.

¿Alguna vez se cansaría de ella?, se preguntó excitado y se vio tentado a llevarla a la casa y calmar su deseo por tercera vez ese día.

–Tengo que practicar –murmuró ella al reconocer esa mirada.

¿Serían imaginaciones suyas ese vínculo que parecía estar creándose entre los dos?

Se habían hecho amigos, además de amantes; Vadim compartía su amor por la música y era la única persona, además de su madre, que parecía entender cuánto significaba para ella.

–Entonces, toca para mí. Guardaré mi energía para después.

Durante la siguiente hora Eleanor estuvo completamente absorbida por su música y cuando terminó, Vadim ya no estaba mirándola a ella, sino al mar que resplandecía como un zafiro bajo el cielo azul.

–¿Te... te preocupa algo? –le preguntó al ver una expresión de dolor en su rostro.

–¿Qué podría preocuparme, carita de ángel? Disfruto del buen tiempo, de la buena comida y de la compañía de una preciosa amante todas las noches. ¿Qué más podía pedir un hombre?

¡Amante! ¡Cómo odiaba esa palabra! Oírla le hizo recordar que para él sólo era una amante temporal y por mucho que lo deseara, no había nada en el mundo que pudiera cambiarlo.

–Pero es muy dulce por tu parte que te intereses por mí –le dijo con cierto tono sardónico que molestó visiblemente a Eleanor.

Vadim sabía que había sonado muy brusco, pero no tenía la más mínima intención de confesarle que su interpretación de Mozart le había recordado a una noche en la que había llevado a Irina a un concierto de la Sinfónica de Moscú para celebrar que esperaban un bebé.

¿Por qué había permitido que su ambición fuera más importante que su esposa y su hija?, se preguntó. Eso le había hecho mucho daño a su mujer y cuando había querido darse cuenta de lo mucho que ambas significaban para él, ellas ya habían puesto rumbo a la aldea natal de Irina y, aunque las había seguido, había llegado demasiado tarde para salvarlas.

–¿Recuerdas que hemos quedado con Sergey y Lena Tarasov para cenar? –le preguntó a Eleanor para no pensar más en el pasado.

–No lo había olvidado. Iré a ducharme y a arreglarme –le dijo y se marchó corriendo antes de echarse a llorar delante de él.

Había visto a los amigos rusos de Vadim en varias ocasiones y eran una pareja encantadora, pero habría preferido una cena íntima en la terraza seguida de un paseo por la playa bajo la luz de la luna antes de llevarla a la cama. Se preguntaba si el hecho de que últimamente estuvieran pasando menos tiempo juntos y más con los amigos de Vadim era señal de que estaba empezando a cansarse de ella.

Había sabido desde el principio que lo suyo no sería más que una aventura temporal, se recordó al salir de la ducha y mientras se extendía crema corporal sobre su bronceado cuerpo antes de vestirse. Y también había sabido que enamorarse de él sería un suicidio emocional, pero le estaba resultando difícil evitarlo.

–¿Qué te parece? –le preguntó a Vadim cuando él entró en el dormitorio.

–Creo que estás impresionante –le respondió al verla con ese vestido de seda negro.

Con el cabello recogido en un moño, estaba elegante y atractiva; Vadim sabía que esa noche haría que las miradas se volvieran a su paso y que otros hombres fantasearían con ese cuerpo y lo envidiarían, pero ella le pertenecía a él y sólo a él. Sin embargo, no podía olvidar que Eleanor no significaba nada, que era una rubia más que estaba pasando por su vida, y por eso darse cuenta de que se estaba volviendo adicto a su compañía, tanto dentro como fuera del dormitorio, era la razón por la que empezó a aceptar invitaciones de amigos que le aseguraran pasar menos tiempo a solas con ella.

–Tengo un regalo para ti.

Eleanor contuvo el aliento al sacar un collar de diamantes de una caja de terciopelo negro.

–No puedo aceptarlo. Debe de haberte costado una fortuna.

–Te lo mereces. Me gusta regalarte cosas, ¿no te gusta? –le preguntó mientras le besaba el cuello.

–Es precioso.

Pero las palabras «te lo mereces» no dejaban de resonar por su cabeza. ¿Se lo merecía como recompensa a cambio de sus servicios en el dormitorio? Recordó la cadena de margaritas que le había hecho el día anterior cuando estaban tumbados en el jardín y se preguntó qué diría él si le dijera que prefería ese sencillo collar de flores que tenía guardado en un cajón antes que las piedras preciosas que colgaban de su cuello.

El Aston Martin de Vadim había llegado por barco a la villa unos días después que ellos y en él recorrieron Mónaco y atravesaron el Principado hasta el famoso Gran Casino, donde los esperaban los Tarasov.

–Es un lugar espectacular, ¿verdad? –le preguntó Lena.

Ya habían terminado de cenar en el exclusivo restaurante y las dos estaban visitando las opulentas salas de juego.

–Montecarlo está a años de luz de los suburbios de Moscú donde crecimos Sergey, Vadim y yo.

–¿Conocías a Vadim cuando era pequeño?

–No, Sergey y él se hicieron amigos en el ejército y Vadim fue nuestro padrino de boda. Cuando la empresa de Sergey se hundió hace unos años, Vadim le ofreció el puesto de director en sus oficinas de Rusia. Es un buen hombre y un amigo leal y creo que agradeció poder dejar la sucursal de su empresa en Rusia en manos de alguien en quien confía para poder mudarse a Europa. Rusia guarda malos recuerdos para él.

–Sí, me ha hablado de su familia.

–¿Ah, sí? Por lo que sé Vadim nunca ha hablado de su mujer y su hija más que con sus amigos más íntimos.

Lena pareció no darse cuenta del impacto que esas palabras causaron en Eleanor.

–Perderlas a las dos fue una tragedia terrible y no creo que Vadim pueda superarlo nunca. Siempre dice que no volverá a enamorarse, pero... tú eres distinta a todas esas otras mujeres. A lo mejor tú puedes llenar el corazón de Vadim otra vez y devolverle la sonrisa.

Habían llegado a la sala donde los dos hombres estaban sentados en la mesa de la ruleta y Eleanor no tuvo oportunidad de preguntarle a Lena más sobre esa increíble revelación.

Estaba impactada y dolida por el hecho de que Vadim no le hubiera contado nada, pero claro... ella no era uno de sus amigos más íntimos.

Era simplemente su amante.

Y, al contrario de lo que pensaba Lena, ella no tenía la llave de su corazón.

Capítulo 10

ESTA NOCHE estás muy callada, ¿qué te pasa? –le preguntó Vadim en el camino de vuelta.

–Me duele la cabeza. Me tomaré un par de analgésicos cuando lleguemos.

Miró hacia la ventanilla preguntándose por qué se sentía tan hundida.

¿Qué le importaba a ella si había tenido mujer y una hija? Su pasado no era asunto suyo, pero lo que le dolía era ver que se había sentido cada vez más unida a él mientras que Vadim seguía viéndola como una mera compañera de cama.

–Tengo que llamar a los Estados Unidos –le dijo él cuando entraron en Villa Corraline–. ¿Por qué no te metes en la cama?

En cuanto llegó al dormitorio, Eleanor se quitó el vestido y el collar y al recordar que Vadim había guardado el estuche de terciopelo en su mesilla de noche, abrió el cajón para depositarlo ahí.

Estaba a punto de cerrarlo cuando algo llamó su atención... Era una muñeca de trapo, raída y vieja.

Con cuidado, la sacó del cajón y vio que bajo ella había dos fotografías: una de una mujer con un bebé en brazos y otra de una niña pequeña. Estaban dobladas por los bordes, como si las hubiera sujetado muchas veces, y se quedó mirándolas con tanta fascinación que oyó las pisadas demasiado tarde.

–Lo siento. No pretendía fisgonear. Estaba guardando el collar cuando he visto las fotos... y he sentido curiosidad.

El silencio de Vadim era inquietante y le temblaron las manos cuando le devolvió las fotos.

–Qué niña tan bonita.

–Sí. Son unas amigas... de Rusia.

Eleanor asintió, agarró su bata y fue al cuarto de baño.

Estaba claro que ella no pertenecía al círculo de los amigos más íntimos de Vadim; sólo era la mujer con la que se acostaba y se recordó que por esa misma razón él no tenía por qué confiarle sus intimidades.

En el baño se desmaquilló, se lavó la cara y se soltó el moño mientras le daba gracias a Dios por haberse inventado la excusa del dolor de cabeza antes. Sabía que era estúpido, pero no soportaba la idea de hacer el amor con Vadim esa noche, no cuando la mentira sobre la identidad de la mujer y de la niña resaltaba la poca importancia que ella tenía para él.

Cuando salió del baño vio que Vadim había apagado las lámparas y que había salido al balcón. Se acercó y él la miró con una expresión de profunda angustia y dolor.

–La mujer de la foto era mi mujer –dijo, y acariciando la cara de la niña en la foto añadió–: Y ella era mi hija, Klara –hubo un silencio antes de que terminara diciendo–: Las dos están muertas.

Se tapó los ojos con las manos y ese delatador gesto hizo que a Eleanor se le encogiera el corazón. La impactó ver a ese poderoso hombre tan vulnerable de pronto. Quería abrazarlo, pero temía que él la rechazara.

–Lo siento.

No sabía qué decirle y ahora se sentía culpable por haberse enfadado. Estaba claro que la pérdida de su mujer y de su hija lo habían hundido y nadie podía culparlo si le resultaba difícil hablar de ello.

–¿Qué... qué pasó?

Cuando Vadim levantó la cabeza, tenía los ojos cubiertos de lágrimas.

–Murieron en una avalancha de nieve en la aldea de los padres de Irina. Tardaron tres días en encontrar el cuerpo de Irina y dos más en encontrar a Klara.

Su voz se rasgó de emoción.

–Claro que ya era demasiado tarde. Cuando encontraron a Klara, seguía con su muñeca en la mano.

Agarró la muñeca de trapo y tragó saliva.

–¿Cuándo? –preguntó Eleanor con la voz entrecortada.

–Hace diez años. Hoy Klara cumpliría quince años.

El día le había resultado tormentoso, aunque había contenido el dolor como siempre lo hacía. Sin embargo, la noche ya había llegado y no se veía capaz de seguir reprimiendo el recuerdo de su pequeña.

–Supongo que tu... mujer... se había llevado a la niña para que visitara a sus abuelos.

Vadim se quedó mirando al jardín en silencio y reviviendo aquellas horribles horas y días en las que se había unido al equipo de rescate para encontrar a Klara y reunirla con su madre en el depósito de cadáveres.

Incluso diez años después, el recuerdo de haber encontrado a su hija sin vida seguía partiéndole el corazón.

No entendía por qué de pronto sentía la necesidad de hablar con Eleanor, pero lo único que sabía era que por primera vez en diez años estaba contemplando la posibilidad de entablar una relación que consistiera en algo más que en sexo.

Eleanor parecía etérea y dolorosamente frágil con su camisón plateado moviéndose con la brisa y su cabello cayendo como un río de seda por su espalda. Pero el físico no era todo lo que lo atraía de ella. Había descubierto que era divertida, aguda, inteligente y que poseía una compasión que no había encontrado en ninguna otra mujer. Admiraba su fuerza de voluntad y sentía que ella se merecía mucho más de lo que él podía darle. Ya había fracasado en una relación y ese fracaso había causado un dolor inimaginable. No podía correr el riesgo de volver a fallar.

–Irina estaba en Rumsk porque quería separarse de mí. Yo había estado en un viaje de negocios y cuando volví encontré una nota diciéndome que sentía que no la amaba y que se iba con Klara a casa de sus padres. Sabía que le dolía que pasara tanto tiempo volcado en el trabajo y quería asegurarle que Klara y ella eran más importantes para mí que nada en el mundo; por eso fui a buscarlas, pero llegué a Rumsk después de que se hubiera producido la avalancha.

–Oh, Vadim.

Eleanor sintió ganas de llorar y se acercó para reconfortarlo, ya sin miedo de revelar lo que sentía por él.

Vadim se había levantado y se mostró tenso cuando ella lo abrazó.

–Tienes que entender que no fui un buen marido. Estaba obsesionado con el trabajo y no pasaba mucho tiempo en casa, ni siquiera cuando Irina me lo suplicó. Me acusó de no amarla, pero se equivocaba. La amaba, pero no valoré lo que tenía hasta que las perdí y entonces ya no tuve oportunidad de decirles lo que significaban para mí.

Respiró hondo.

–No debería haberme casado. Fui un egoísta y sólo pensé en mis propios intereses, así que en ese sentido tal vez no sea tan distinto a tu padre.

–Tú no te pareces nada a mi padre –le refutó enérgicamente.

Cuando lo conoció, ella también lo había creído, pero dejó de pensarlo después de ver la amabilidad y el respeto con que la había tratado, de que pareciera valorarla como persona y no como un mero entretenimiento en la cama.

Sin embargo, no podía seguir pensando así, era peligroso hacerse ilusiones porque Vadim le había dejado claro que con ella no quería una relación seria. Lena Tarasov le había dicho que él jamás volvería a enamorarse y ahora entendía por qué. Seguía enamorado de su difunta esposa y se sentía culpable por haberles fallado.

Enamorarse de él sería un suicidio emocional, volvió a repetirle una voz dentro de su cabeza, pero en su corazón sabía que esa advertencia llegaba demasiado tarde.

Lo amaba y conocer la tragedia de su pasado hizo que lo amara más todavía.

–La avalancha fue un terrible accidente, pero tú no eres el culpable de sus muertes. Dices que te sientes culpable por haberte volcado en tu trabajo, pero imagino que tu determinación a alcanzar el éxito era para poder darles a ellas una vida mejor.

–Quería comprar una casa con jardín para que Klara jugara... y darle las cosas que yo no había tenido de niño. Adoraba la música y quería aprender a tocar un instrumento, pero era imposible. Irónicamente, la mayoría de los niños de la aldea sobrevivieron. Se habían ido de excursión con el colegio y cuando volvieron se encontraron con la escuela enterrada y muchos de sus padres muertos. Construí un orfanato y pagué la reconstrucción de la aldea, pero el dinero no puede reparar unas vidas rotas. Vuelvo cada año, pero el nuevo Rumsk es un lugar extrañamente tranquilo y sumido en la tristeza.

Cedió a la tentación de rodear a Eleanor por la cintura y la abrazó con fuerza. Y fue entonces cuando una curiosa sensación invadió su pecho mientras ella lo besaba con ternura calmando así su destrozada alma.

Esa noche la necesitaba, la necesitaba como no había necesitado nunca a una mujer, aunque se negaba a asimilar las emociones que lo invadían por dentro.

Ella era la amante más generosa que había conocido y la dulzura de su respuesta cuando la llevó hasta el dormitorio y la tendió en la cama llenó su corazón.

Conocía cada centímetro de su cuerpo, pero se deleitó explorándolo una vez más. Sus firmes pechos llenaron las palmas de sus manos y la oyó respirar hondo cuando se agachó y acarició uno de sus pezones con la lengua.

Eleanor gimió cuando él deslizó una mano entre sus muslos y la acarició en esa zona tan íntima y llena de sensibilidad. En respuesta, ella arrastró una mano sobre sus caderas y fue bajando hasta cubrir su excitación y acariciarla haciéndolo gemir de placer.

Lo amaba y esa noche sentía que él necesitaba perderse en esa pasión que bullía entre los dos.

Cuando él se tendió encima, ella arqueó las caderas y lo miró mientras Vadim se adentraba en su cuerpo. Se movieron acompasados y juntos también llegaron al clímax.

Un largo momento después, él seguía tumbado sobre ella y con el rostro hundido en su cuello. A Eleanor se le encogió el corazón cuando sintió humedad sobre su piel y descubrió que Vadim estaba llorando. ¿Cómo podía haberlo acusado de no tener corazón? Había amado a su mujer y a su hija, pero perderlas había sido un golpe muy duro. No era de extrañar que hubiera levantado un muro para proteger su corazón y, si Lena Tarasov tenía razón, él jamás permitiría que ninguna mujer lo derribara.

Cuando Eleanor abrió los ojos a la mañana siguiente, estaba sola, pero era evidente que Vadim había dormido con ella; el olor de su colonia seguía en la almohada.

Salió de la cama y se puso la bata pensando si sería posible convencerlo para que le diera otra oportunidad al amor. Tal vez estaba creándose falsas esperanzas, pero no podía evitar recordar los felices momentos que habían pasado juntos en Antibes ni el hecho de que al revelarle los secretos de su pasado estaba demostrando que confiaba en ella.

Bajó las escaleras y salió al jardín decidida a animarlo a hablar más sobre la tragedia que había vivido. Tenía que ayudarlo a superar su pasado.

–Buenos días, carita de ángel –le dijo él esbozando una fría sonrisa–. ¿Has dormido bien?

–Eh... sí, gracias –respondió Eleanor intentando ocultar su confusión al ver que él estaba actuando como si la noche anterior no hubiera sucedido nada. Se sentó en una silla y se sirvió un vaso de zumo mientras pensaba en lo que quería decir–: ¿Cómo te encuentras esta mañana? Quiero que sepas que estoy aquí si necesitas hablar más.

–¿Estás ofreciéndote a ser mi... terapeuta?

Eleanor lo miró intentando encontrar algún resto del hombre que había compartido sus emociones con ella la noche anterior.

–Estoy ofreciéndote mi apoyo.

Vadim se quedó mirándola.

Era tan hermosa... nunca se había sentido tan unido a una mujer como a ella, pero tenía que luchar contra esos sentimientos y ahora se lamentaba de haberle revelado su pasado porque eso lo hacía vulnerable y la compasión que veía en sus ojos hacía que quisiera llorar.

–No necesito tu apoyo. Hablar no me las devolverá. Eres mi amante, Eleanor, nada más y lo único que quiero de ti es sexo.

Eleanor se estremeció como si la hubiera abofeteado y contuvo las lágrimas que le nublaban la visión.

De pronto sintió una náusea que la hizo levantarse bruscamente por miedo a vomitar delante de él. Llevaba días sintiéndose así y había perdido el apetito... los síntomas clásicos de una migraña. Pero no podía dejar que él viera todo el daño que le había hecho, de modo que forzó una sonrisa y le dijo:

–Bueno, me alegra que me hayas dejado claro el papel que juego en tu vida. Ahora, si me disculpas, tengo que ir a tomarme un par de analgésicos –terminó con frialdad antes de entrar en la casa.

Vadim entró en el dormitorio una hora después y encontró a Eleanor sentada en el balcón.

–Ha sucedido algo y tengo que ir a Praga para una reunión urgente. La doncella te ha hecho la maleta. He pensado que podríamos pasar unos días allí y hacer turismo. ¿Has estado allí alguna vez?

–Una vez toqué allí, pero no pude visitar la ciudad.

Había llegado a la conclusión de que tenía que dar por concluida su relación con él porque mientras que él era el amor de su vida, su corazón pertenecía a Irina.

Pero, ¿por qué no disfrutar de un último viaje juntos? Le encantaría ir a Praga con él; bueno, con él iría hasta la Luna, si se lo pidiera. Pero no, prefirió ignorar esa idea.

–La verdad es que tengo que volver a Londres. Marcus me llamó anoche mientras estabas en la ducha –le explicó sonrojándose mientras le mentía–. Me dijo que han adelantado los ensayos de la grabación de la banda sonora.

Vadim la miró con preocupación; estaba muy pálida y no parecía encontrarse bien. Insistiría en que fuera a ver a un médico.

–¿Por qué no me lo dijiste?

–Lo... lo olvidé. Dame diez minutos para hacer la maleta e iré contigo al aeropuerto. Seguro que podré encontrar algún vuelo que me lleve a casa.

–Ya te he dicho que la doncella te ha preparado una maleta.

–Tengo que llevarme mis cosas. He hablado con el tío Rex y me ha encontrado un piso en el que puedo meter el piano, así que me mudaré en cuanto vuelva a Londres.

Vadim se quedó mirándola en silencio un momento.

–Todo esto es muy repentino. ¿A qué se debe esta urgencia por volver, Eleanor?

–Llevo días pensando en ello.

–¿En serio? ¿Así que cada vez que hemos hecho el amor tú estabas pensando en dejarme?

–Nuestra aventura era algo temporal, duraría hasta cuando uno de los dos quisiera –le recordó sus propias palabras.

Vadim recordaba lo que había dicho al fijar las reglas de su relación, pero nunca se había imaginado que quisiera acabar cambiando esas reglas... y mucho menos que fuera ella quien le pusiera fin.

–Sabes también como yo que no se ha acabado –le dijo con brusquedad. La levantó de la silla y le desabrochó la bata para contemplar su desnudez–. ¿Quieres que te lo demuestre? Podría hacerte el amor ahora mismo, Eleanor, y no podrías detenerme.

–¡No! –el miedo que se reflejó en sus ojos hizo que Vadim se parara en seco.

–¿Por qué?

¡No quería perderla!

–Estar aquí contigo ha sido... divertido, pero la música es mi vida y tengo que centrarme en mi carrera. Creí que lo entenderías.

Y tenía razón, pensó Vadim.

Él no tenía derecho a interponerse en su carrera, pero la idea de dejarla marchara lo destrozó por dentro. Esas semanas en la villa habían sido las más felices de su vida y había aprendido a disfrutar y a no obsesionarse con el trabajo. Por eso resultaba irónico que ahora ella estuviera poniendo su carrera como excusa para terminar la relación.

Pero si pensaba que él iba a suplicarle que se quedara, estaba muy equivocada.

–Si eso es lo que quieres, será mejor que hagas la maleta. Te espero abajo en quince minutos. ¿Quieres que llame al aeropuerto para intentar reservarte un billete?

–Por favor.

Apenas podía articular palabra y en cuanto se quedó sola, corrió al cuarto de baño y comenzó a vomitar.

Todo había terminado y al parecer a Vadim no le importaba en absoluto.

Salió del baño, se vistió e hizo las maletas. Agarró su violín y salió del dormitorio conteniendo las lágrimas al mirar la cama por última vez; esa cama desde donde cada noche Vadim la había llevado hasta un lugar mágico. No había duda de que pronto otra mujer ocuparía su lugar y pensar en ello hizo que echara a correr escaleras abajo hasta salir por la puerta de la villa.

Vadim estaba hablando por teléfono al lado del coche y la embargó la tristeza al verlo y pensar que jamás volvería a rodearla con sus brazos. Sintió un mareo y perdió el equilibrio. Al instante oyó a Vadim maldecir y salir corriendo hacia ella... y después todo se volvió negro.

Cuando volvió en sí estaba en la parte trasera del coche de Vadim.

–Te llevo al hospital –le informó él.

–¿Al hos...? Me he desmayado, nada más.

–Las mujeres no se desmayan sin motivo. Pareces un cadáver y apenas has comido en toda la semana. Tengo un amigo que es médico. Claude te hará un chequeo y si dice que estás bien para viajar, te llevaré al aeropuerto.

¿Cómo podía decirle que el desmayo se había debido a la angustia de ver que su relación había llegado a su fin? Si lo hacía, él vería que estaba enamorada de él y su orgullo quedaría hecho pedazos, junto con su corazón.

Una vez en el hospital, una enfermera se llevó a Eleanor para tomarle la tensión y hacerle un análisis de orina antes de pasar a la consulta del doctor.

–Vadim me ha dicho que ha perdido el apetito recientemente, *mademoiselle* Stafford. ¿Sabe a qué podría ser debido?

–He sentido un poco de náuseas, pero sufro de migrañas ocasionales y sospecho que tendré una cualquier día de éstos.

–¿Y todo lo demás es normal? ¿Su periodo, por ejemplo? ¿Cuándo fue la última vez que lo tuvo?

–No lo sé, mis periodos nunca han sido regulares. De hecho mi ginecólogo me dijo que probablemente tendría que recurrir a un tratamiento de fertilidad si alguna vez quería tener hijos. Aunque las exigencias de mi carrera seguramente me impedirán tener familia.

Los interrumpió la enfermera, que le entregó al médico el resultado de las pruebas. Un instante después, le dijo:

–Pues espero que su carrera no le exija demasiado, *mademoiselle* Stafford, porque está embarazada.

Capítulo 11

ELEANOR no tenía ningún recuerdo del momento en que había salido de la consulta. Sólo recordaba haber oído al doctor decirle a Vadim que estaba de unas seis semanas.

Debió de suceder en Kingfisher, justo al comienzo de su aventura, pensó mientras Vadim la llevaba hasta el coche.

–Aquella noche durante la tormenta no utilicé protección –le dijo él después de arrancar el motor. Estaba pálido y no parecía muy contento con la idea de estar esperando un hijo.

«Pobre bebé», pensó ella. ¿Podría saber que era un niño no deseado? La idea le resultó tan insoportable que los ojos se le llenaron de lágrimas y de pronto la invadió un instinto maternal tan intenso que supo que sería capaz de dar la vida por ese niño.

Pero, ¿qué iba a hacer? ¿Cómo se las apañaría para ser una madre soltera sin tener que renunciar a su carrera? Estaba tan absorta en sus pensamientos que no se dio cuenta de que habían cruzado las puertas de Villa Corraline hasta que Vadim apagó el motor.

Él entró en la casa en silencio y eso hizo que a Eleanor se le cayera el alma a los pies. No tenía derecho a estar tan enfadado, pensó furiosa, cuando la hizo entrar en el salón y cerró la puerta.

Se sirvió un vaso de vodka, a pesar de que eran las once de la mañana, y con una mano temblorosa se lo llevó a la boca y se lo bebió de un trago.

–No me extraña que tuvieras tantas ganas de volver a Londres. Supongo que no ibas a decirme que estabas embarazada.

–¡Yo no sabía que estaba embarazada!

–¿Cómo es posible? Está claro que has querido terminar nuestra aventura así tan de repente porque no querías que me enterara.

De pronto oyó la voz de Klara dentro de su cabeza y fue como si una flecha le atravesara el corazón.

Klara se había ido, no volvería a verla, pero ahora habría otro bebé que, aunque no pudiera sustituir a la hija que había perdido, sí que sería un preciado regalo, una segunda oportunidad para ser un mejor padre.

Miró a Eleanor.

–¿Tienes planeado seguir adelante con el embarazo? ¿O era ésa la razón por la que querías volver tan repentinamente a Inglaterra, para abortar? Puede que tú no quieras este bebé, pero yo sí. Entiendo que nueve meses de embarazo supondrán un parón en tu carrera, pero te lo compensaré económicamente y desde el momento que nazca el bebé yo me ocuparé de él y tú podrás recuperar tu vida.

–¿Estás ofreciéndote a... comprarme al bebé? ¿Y cómo te atreves a pensar que le pondría fin al embarazo?

Estaba claro que si pensaba eso de ella, no la conocía en absoluto.

Pero por otro lado tenía que reconocer que la reacción que había tenido Vadim ante la noticia la había sorprendido. Jamás se habría esperado que quisiera tener a ese bebé.

–Puede que no hubiera planeado tener hijos, pero quiero a este bebé y seré la mejor madre que pueda ser. Si quieres participar en su educación, entonces estoy segura de que podremos llegar a un acuerdo para que lo visites.

–No tengo intención de visitar a mi hijo. Quiero ser un padre en el sentido amplio de la palabra –la clase de padre que debería haber sido con Klara.

–Pero... ¿qué vamos a hacer?

–No estoy seguro. Lo único que sé es que quiero ser parte activa en la vida de mi hijo. Tal vez podríamos seguir compartiendo la mansión para que el bebé viva con los dos.

–¡Eso sería insoportable! –pero lo cierto era que lo que le parecía insoportable era la idea de tener que llegar a ver a sus amantes entrar y salir de la casa y ocupar la cama en la que él le había el amor; vivir con él sabiendo que no formaba parte de su vida–. Quiero vivir en mi propia casa y llevar mi propia vida.

¿Incluía esa vida salir con otros hombres?, se preguntó Vadim furioso, celoso, y dolido por el hecho de que se hubiera negado a compartir la casa con él.

–Te advierto que si no llegamos a un acuerdo amistoso entonces lucharé por la custodia exclusiva de nuestro hijo... y ganaré.

Eleanor palideció.

–No lo harías... –le dijo con voz temblorosa.

–Puedo permitirme los mejores abogados y puedo darle a nuestro hijo un hogar, una excelente educación, todo lo que el dinero pueda comprar. Mientras que tú... tú misma has admitido que necesitas practicar con el violín cinco o seis horas diarias y tocar en una orquesta implica que tienes que trabajar por las noches. ¿Qué piensas hacer con nuestro hijo entonces? ¿Dejarlo al cuidado de una canguro? ¿Y cuándo estés de gira? ¿Te llevarás al bebé de viaje contigo?

–¡No lo sé! –gritó–. A pesar de lo que pienses, descubrir que estoy embarazada ha supuesto un gran impacto para mí y ahora mismo siento que mi mundo está patas arriba –admitió mientras se secaba las lágrimas.

Ese gesto removió la conciencia de Vadim y le hizo querer abrazarla y decirle que él se ocuparía del bebé y de ella. Pero Eleanor le había dejado claro que no quería eso. Se sintió dolido y no podía pensar con claridad; su característica frialdad había quedado reemplazada por un remolino de emociones.

Eleanor tenía razón.

La noticia había supuesto un gran impacto, pero independientemente de lo que estuviera sucediendo en su vida, la parte más lógica de su cerebro le decía que tenía que seguir ocupándose de su negocio y que tenía que ir a Praga. Su dedicación al trabajo seguía siendo total y una autodisciplina de hierro ganó al deseo de enviar a la reunión a uno de sus ejecutivos para poder quedarse con Eleanor en la villa.

–Seguiremos con esta discusión en un par de días, cuando vuelva de mi viaje –le dijo bruscamente–. Y siéntate antes de que te caigas –añadió al ver a Eleanor tambalearse–. Le diré a Hortense que te traiga algo de comer y ahora descansa... por el bien del bebé –le recordó cuando ella abrió la boca para oponerse y aprovechó para besarla.

Unos minutos más tarde Eleanor oyó el motor del Aston Martin.

Agotada física y emocionalmente por todo lo sucedido durante la mañana, se tumbó en la cama, demasiado débil para moverse.

Seguía impactada por el hecho de ir a tener un bebé, pero también se sentía feliz. Sin embargo, pensar en la amenaza de Vadim de luchar por la custodia absoluta hizo que esa dicha se disipara y que la invadiera el miedo. Jamás entregaría a su bebé, nunca.

Sólo podía pensar en irse de la villa antes de que él volviera, regresar a Inglaterra y mudarse a alguna parte donde no pudiera encontrarla. Y así, movida por una energía fruto de la desesperación, se levantó, agarró su violín y la maleta que la doncella debía de haber recogido del camino de entrada después de que Vadim la llevara al hospital, y bajó las escaleras corriendo.

Vadim salía del vestíbulo del hotel intentando centrarse en la adquisición de una empresa de comunicaciones. Era un acuerdo importante, pero en lugar de pensar en ello sólo podía pensar en Eleanor.

En ella y en su bebé.

Se había sentido culpable por no haber amado a Irina lo suficiente, pero lo cierto era que nunca había sentido esa clase de profunda e intensa emoción que los poetas describían como el amor.

Con toda sinceridad, no creía que un amor tan poderoso existiera. Pero ahora estaba dándose cuenta de que su vida era una serie de imágenes en blanco y negro sin Eleanor.

Si hubiera estado con él habrían explorado Praga juntos, tal vez habrían dado un paseo en barca por el río y habrían cenado en alguno de los encantadores restaurantes del casco antiguo antes de volver al hotel y hacerle el amor con una pasión que le tocaba el alma.

La echaba de menos. Quería estar con ella.

Durante las semanas que habían pasado juntos en Antibes se había negado a admitir que estaba enamorándose, había temido las emociones que ella despertaba en él y se había decidido a luchar contra esos sentimientos. Pero ahora se daba cuenta de que lo que de verdad temía era una vida sin Eleanor.

Praga se veía maravillosa bajo la luz del sol, pero le dio la espalda a la ciudad y volvió a entrar en el hotel para informar a la recepcionista de que ahí terminaba su visita.

En el taxi al aeropuerto llamó a su secretaria personal y le pidió que pospusiera la reunión, y a continuación llamó a su director ejecutivo y le ordenó que tomara el próximo vuelo a Praga. Corría el riesgo de echar a perder el acuerdo, pero por primera vez en su vida tenía algo más importante de que preocuparse que su negocio.

No debería haberla dejado sola. Ahora ya creía que Eleanor no había sabido que estaba embarazada. No podía creerse que la hubiera acusado de tener planeado librarse del bebé ya que la Eleanor que conocía era incapaz de algo así.

Se sintió culpable al recordar la fuerte discusión. Ambos querían al niño y él había amenazado con luchar por la custodia. No le extrañaba que sus ojos hubieran mostrado tanto pavor. En su mente él debía de ser como el padre al que tanto había odiado y no podía culparla por no querer tener nada que ver con él. Ahora lo único que podía hacer era rezar para que le diera una segunda oportunidad y le permitiera explicarle lo mucho que significaba para él.

La luz de la luna bailaba sobre las olas mientras Eleanor paseaba por la orilla del mar.

Por primera vez desde que sabía que estaba embarazada estaba sintiendo algo de paz y sabía que la decisión que había tomado de quedarse en Francia y esperarlo había sido la correcta. Había entrado en razón en el taxi de camino al aeropuerto y había admitido que huir no era la respuesta. No podía vivir como una fugitiva el resto de su vida y, lo más importante, no podía apartar a Vadim de su hijo.

De vuelta en la villa había decidido comer algo por el bien del bebé, pero le había resultado imposible dormir y después de pasarse una hora dando vueltas en la cama, había optado por levantarse, ponerse su bata de seda gris y bajar a la playa.

Echaba de menos a Vadim y no podía concebir la vida sin él.

Ahora que había asimilado la noticia del embarazo, podía volver a pensar racionalmente. La amenaza de Vadim de luchar por la custodia era comprensible después de lo que le había sucedido a su hija, pero por otro lado estaba segura de que él jamás la forzaría a desprenderse de su bebé.

Todo se reducía a la confianza, pensó cuando dio la vuelta para regresar a la casa. Su padre había sido un hombre cruel que había disfrutado haciéndoles daño a su madre y a ella, pero Vadim no era como él. No podía negarle la oportunidad de volver a ser padre y cuando volviera de Praga le diría que aceptaba su propuesta de compartir la Mansión Kingfisher para poder criar a su hijo juntos. No sería fácil vivir a su lado y saber que estaba fuera de su vida, pero lo amaba tanto que estaba dispuesta a sacrificar su felicidad por la de él.

Se sobresaltó al oír que alguien la llamaba.

Era Vadim, él la estaba llamando..., pero estaba en Praga.

Pensó que eran imaginaciones suyas y que amarlo la había vuelto loca.

–Eleanor...

Una figura salió corriendo de entre las sombras y la abrazó. Ella no podía creer que estuviera allí y lo miró confundida.

–Creí que te habías ido –le dijo entre lágrimas.

–¿Por qué estás aquí? ¿Por qué no estás en Praga?

–De pronto me he dado cuenta de lo que es realmente importante para mí –le respondió con un marcado acento ruso–. Creí que te había asustado con mi imperdonable amenaza de pedir la custodia del bebé y estaba seguro de que habrías decidido marcharte. Pero cuando he visto tu violín en la villa me he dado cuenta de que soy el hombre más tonto del mundo.

–Había planeado irme –admitió–, pero a medio camino de Niza me he dado cuenta de que no podía. Nuestro bebé nos necesita a los dos.

Vadim cerró los ojos y la besó en la frente.

–Cuando he entrado en la casa y me la he encontrado vacía, he pensado que había llegado demasiado tarde para decirte... –se detuvo, no podía hablar.

–¿Decirme qué? –le susurró ella mientras le acariciaba la cara.

El pelo de Eleanor olía a limones y él se llevaría

esa evocativa fragancia a la tumba. Era el aroma de la mujer que le había robado el corazón.

Respiró hondo y la miró a los ojos antes de responder:

–Que eres mi mundo, y que no soy nada sin ti.

–Vadim... Yo también te quiero y te querré siempre.

–Entonces, ¿por qué has dicho que vivir en Kingfisher conmigo sería insoportable?

–Porque sabía que te quería y no podría soportar la idea de compartir tu casa, pero no tu vida.

–Yo he dicho lo de la custodia porque odiaba la idea de que vivieras alejada de mí y tuvieras otras relaciones –admitió él mientras le acariciaba el pelo–. Me negaba a reconocer lo mucho que significas para mí hasta que he llegado a Praga y me he dado cuenta de lo desdichado que me siento si no estás a mi lado.

Eleanor comenzó a llorar.

–Quiero pasar el resto de mi vida a tu lado. ¿Quieres casarte conmigo, mi ángel? –cuando la sintió temblar, se apresuró a añadir–: Sé que guardas malos recuerdos del matrimonio de tus padres, pero yo jamás te haría daño. Quiero pasar el resto de mi vida cuidándoos al bebé y a ti, y a cualquier otro hijo que tengamos.

–Creo que será mejor que nos concentremos en uno por el momento –bromeó ella antes de ponerse seria y añadir–: Creía que habías enterrado tu corazón con Irina.

–La quería, pero me avergüenza decir que no la valoré lo suficiente. Cuando te conocí, dominaste mis pensamientos desde el principio y supe que me había metido en un buen lío cuando vi que prefería pasar tiempo contigo antes que trabajar. Pensé que podríamos tener una aventura y que después me olvidaría de ti, pero creo que en el fondo siempre he sabido que eres mi alma gemela, *angel moy*, y te amaré hasta que muera.

La besó.

–Yo estaba decidida a no enamorarme de ti, pero no pude resistirme. Eres mi vida, mi amor...

–¿Y tú mi esposa?

–Sí –otra lágrima se deslizó por su cara y él la atrapó con su boca antes de volver a besarla con una sensual pasión.

Él era el amor de su vida y ella se lo dijo cuando Vadim le quitó la bata. Volvió a decírselo cuando él le besó la boca, el cuello y los pechos y se puso de rodillas para besar su vientre y la sensible zona que se ocultaba entre sus piernas.

Cuando Vadim se desnudó, la tendió sobre la arena y se adentró en ella.

–Creía que no era más que buen sexo –le dijo ella con una tímida voz.

–Contigo nunca ha sido sólo sexo, ángel –le respondió él con un gemido mientras sentía sus deliciosos espasmos bajo su cuerpo–. Cada vez que te he hecho el amor ha sido con el corazón al igual que con el cuerpo, pero no quería admitirlo.

Se movió dentro de ella y de pronto ya no hicieron falta las palabras cuando sus cuerpos podían expresar la intensidad del amor que sentían el uno por el otro.

Era un amor que duraría toda una vida y más, le juró Vadim, traduciéndole por fin las palabras rusas que le había susurrado al oído cada vez que le había hecho el amor para que Eleanor supiera sin ninguna duda lo mucho que significaba para él.

Epílogo

SE CASARON un mes después en una sencilla, pero conmovedora ceremonia en los jardines de Villa Corraline. El amigo de Vadim, Sergey Tarasov, ejerció de padrino y Jenny fue la dama de honor. En la recepción, Lena Tarasov dijo que siempre había sospechado que Vadim se había enamorado de Eleanor y el amor que desprendieron sus ojos cuando miró a su esposa apoyaron su teoría.

Regresaron a Londres para que Eleanor siguiera tocando con la orquesta, pero para decepción de Marcus, ella anunció que ahora que iba a ser madre, dejaría su carrera como solista.

Su hija nació la primavera siguiente, cuando los cerezos del jardín de la Mansión Kingfisher estaban en flor. La llamaron Odette porque mientras estaba en el vientre de su madre siempre había dado muchas patadas cada vez que Eleanor interpretaba el *Lago de los Cisnes* de Tchaikovsky.

–Tal vez llegue a ser una virtuosa del violín –dijo una noche Eleanor mientras Vadim acunaba a su hija recién nacida–. Aunque, claro, también puede ser una magnate de los negocios como su padre.

–Haga lo que haga en el futuro, siempre sabrá que la queremos –le respondió Vadim–. Igual que espero que su madre sepa que es el amor de mi vida.

Levantó la cabeza y la miró con una ternura y un amor que la llenaron de felicidad.

–Y tú eres el amor de mi vida. Ahora y para siempre.